論壇 15

台韓商競合、韓中FTA與大陸市場 機會與挑戰

The Coopetition of Taiwanese and Korean Businessmen, ROK-PRC FTA, and China's Market: Opportunities and Challenges

陳德昇 主編

編者序

　　區域經濟整合與自由貿易協定（FTA）簽署不僅是世界潮流，亦是促進經貿發展、拓展合作空間，以及提升國家競爭力的必要舉措。就這一努力和成果來說，韓國的表現確實耀眼。反觀我國受制於兩岸政治因素，以及內部阻力，因而績效仍屬有限。

　　兩岸ECFA、台韓、韓中與中日韓簽署FTA，不僅涉及市場開放、競爭優勢的維持，亦有複雜的政治糾葛。因此，要能在短期內促成東亞區域經濟整合，仍難有樂觀的預期。不過，兩岸在服務業與貨品貿易協議，可望在兩年內落實，但是兩岸後續性協議開放程度恐有限；加之，台韓產業結構相似，韓中FTA亦可能有較大的市場開放，因而韓中FTA的簽署，將對兩岸經貿發展構成威脅，值得吾人警惕。

　　台灣作為外商跨進大陸市場之紐帶，應在未來兩岸互動和區域深化整合中扮演更積極的角色。韓日商透過台商之介面與台灣平台角色，應是進軍大陸內需市場可行之路徑。

　　本論文集是2012年5月台韓學界經貿對話會議，所呈現之研討成果。在此要特別感謝韓國外國語大學康埈榮教授之熱心協助。政治大學啟動台韓學術與政策對話機制，推動相關議題深入探討順利，也應算一個好的開始。最後必須感謝蕭依汝同學校正，以及印刻出版社協助出版事宜。

陳德昇

2012／10／10

主題演講

梁國新

（經濟部次長）

今天非常高興參加會議，謹代表經濟部感謝大家與會。尤其是看到黃秘書長、崔社長在座，他們每次都對此付出許多努力。

大家都知道過去十年來，周邊貿易談判進展緩慢的情況下，各地區域經濟整合就變成非常重要的政策，尤其東亞內的區域整合呈現蓬勃發展的局面。在此背景下，台韓之間如何加強合作就變成重要課題。兩國地理位置接近，加上經貿交流，係屬相當密切的關係。從貿易上面來看，可能有些人不瞭解，事實上台韓雙邊貿易關係非常密切，即使去年整個國際市場受到歐美市場的影響，台韓之間的貿易總額還是超過300億美金，比前年增長超過13％；我們對韓國出口123億美金，也比前年增長16％。同時，韓國是我們第六大出口市場，也是重要的貿易夥伴及市場。

另外，在雙邊投資方面，韓國在台灣投資累計超過9.5億美金，台灣在韓也有5.3億美金。過去兩國在產業結構有許多相似之處，雖然都是以中小企業為主幹，彼此在產業有著高度重疊性的競爭關係，致使過去多被認知為競爭對手，而非合作夥伴。但是我今天特別指出，即使過去台韓兩國產業界在尋求經貿舞台時，既有競爭又有合作。隨著兩岸簽署「經濟合作架構協議」（ECFA）之後，以及兩岸建立更緊密合作的經貿往來，未來我們應思考台韓間建立更密切的互動關係。

首先，兩岸簽署ECFA之後，由於兩岸具有相同的語言、文化優勢，

加上台商在中國已建立成熟的市場行銷管道，因此台商在大陸可望建立外資最佳的合作貿易夥伴，如果台韓商能夠借用彼此的優勢開拓大陸市場，將可望開創雙贏局面。我們可以在很多產業上面看到合作契機，例如TFT-LED方面，雖然友達光電和三星有水平分工的競爭，但三星也是其重要的客戶。隨著美韓自由貿易協議（FTA）生效後，韓系汽車可以進入美國汽車市場，但韓商的中小企業隨其品牌進入時，依然可以借用台灣零件生產組件的中小企業，其成熟的組裝、生產能力，來獲得更有利的生產優勢，達到更緊密的合作。

為了加強台韓兩國間經貿交流與合作，本部國貿局特別與政治大學國際關係研究中心舉辦此次研討會。會議針對FTA政策發展與趨勢、台韓商競合現狀，以及策略前景集思廣益，希望透過產官學研的合作，提供更有效的建言。

根據本人瞭解，今日舉辦研討會之後，今年下半年韓方也會在首爾舉辦類似的研討會。本人希望透過大家的共同研究，讓台韓雙方可以對經貿方面的合作趨勢，提供更好的發展前景。

目　錄

作者簡介（按姓氏筆畫排序）

全家霖

北京大學國際關係學院博士，現任韓國湖西大學教授。主要研究專長為兩岸關係、區域合作、中國外交。

杜巧霞

美國西伊利諾大學碩士，現任中華經濟研究院台灣WTO中心研究員。主要研究專長為國際貿易、經濟整合、國際經貿組織。

李焱求

北京大學經濟學博士，現任韓國培材大學中國研究部助理教授。主要研究專長為區域經濟、公司治理。

吳玲君

美國南卡羅萊納國際政治學博士，現任國立政治大學國際關係研究中心副研究員。主要研究專長為亞太政經整合與發展、區域經貿組織、國際政治經濟學。

吳家興

韓國高麗大學經濟研究所碩士，現任工業技術研究院產業經濟與趨勢研究中心顧問。主要研究專長為國際經濟、韓國經濟。

林祖嘉

美國加州大學洛杉磯分校（UCLA）經濟學博士，現任政治大學經濟系特聘教授。主要研究專長為兩岸經貿、住宅經濟。

金明妸

　　韓國外國語大學法學博士，現任韓國法制研究院比較法制研究室副研究委員。主要研究專長為金融法、社會法與經濟法。

金德洙

　　韓國檀國大學經營學博士，現任韓國群山大學貿易系教授。主要研究長為韓台FTA、韓中FTA、韓台中經濟合作、東北亞經濟。

康埈榮

　　政治大學東亞所博士，現任韓國外國語大學中國學系主任教授。主要研究專長為現代中國政治經濟學、韓中關係、兩岸關係。

馬道

　　英國倫敦大學國王學院經濟學博士，現任中華經濟研究院第三研究所副研究員。主要研究專長為產業科技政策、產業組織、國際貿易。

郭福墠

　　韓國成均館大學國際貿易系畢業，現任釜山慶星大學中國通商系教授。主要研究專長為中國經貿、中韓企業合作。

鄭煥禹

　　韓國外國語大學政治學博士，現任韓國貿易協會與國際貿易研究院研究委員。主要研究專長為中國經貿政策與關係、韓中關係、韓中FTA。

謝目堂

　　韓國成均館大學經濟學博士，現任景文科技大學副教授。主要研究專長為韓國經濟、國際經濟。

ECFA與中日韓FTA進程

後ECFA時代兩岸產業合作前景

林祖嘉

（政治大學經濟系特聘教授）

摘要

　　2010年6月，兩岸簽署了重要的「經濟合作架構協議」（ECFA），兩岸經濟關係正式邁向一個制度化的時代。另一方面，受到歐債與美債的影響，全球經濟景氣陷入谷底，這時候兩岸經濟關係對於台灣而言就更形重要。在ECFA中的兩岸經濟合作小組項下，兩岸經濟展開所謂的搭橋計畫，目前雖然已進行近三年時間，但是成果仍然有限，未來兩岸應該利用此一平台，更加深化兩岸產業的合作。另一方面，大陸十一五規畫中要發展的多項策略性產業，與台灣要發展的多項新興產業與智慧型產業，也有很多對接機會。我們應該利用ECFA後續協商的機會，擴大這些產業合作的可能，讓雙方的產業都有更高的競爭力。

關鍵詞：ECFA、十二五規劃、投保協議、兩岸產業合作

壹、前言

2010年6月底，兩岸簽署ECFA以來，兩岸經貿關係可以說正式走向嶄新的一頁。其中，不但兩岸貨品貿易的關稅將會逐年大幅下降，而且服務貿易及其他相關的投資合作及產業合作都將會有更進一步的深化作用。[1]

事實上，從1979年大陸改革開放以來，兩岸經貿就快速的展開。到2010年時，台灣對大陸出口已經達到1147億美元，占台灣出口總額的41.8%，也是台灣最大的出口地區。同年，台灣自大陸進口總額為375億美元，占台灣進口總額的14.9%。兩岸貿易總額為1532億美元，占台灣對外貿易總額的29.0%，是台灣最大的貿易夥伴；同時，台灣對大陸的貿易順差為772億美元，也是台灣的最大順差來源。

如果再用成長率來計算，1979到2010的三十年之間，台灣對大陸出口的平均年成長率為23.3%，而同期間的平均進口成長率為15.0%。兩岸之間的貿易維持長期的高速成長，促使兩岸經濟關係愈來愈緊密。引發兩岸貿易快速成長的原因很多，大致上有幾個重要的理由：第一，兩岸經濟發展程度差異很大，台灣生產的產品與大陸生產的產品不同，因此兩岸生產上的比較利益不同，使得雙方有很多的貿易機會。第二，兩岸距離很近，貿易成本較低，再加上兩岸又使用相同的語言及類似的習慣，因此兩岸企業間的交易成本較低，使得貿易更容易進行。第三，過去三十年來，大陸經濟快速成長，不論是在生產上的原物料的需求，或是對於最終產品的需求，都一直維持快速的成長，因此他們對於國際貿易的需求也在急遽的增加，給兩岸帶來更多的貿易機會。

第四，也是最重要的是，兩岸貿易其實有很多是由台商赴大陸投資之後，一方面向台灣採購原物料，另一方面又把最終產品回銷台灣，於是造

---

[1] 關於ECFA對於台灣經濟各層面的影響，請參見李誠（2012）的討論。

成兩岸貿易量的大幅增加。這就是所謂的「投資帶動的貿易創造效果」。依國內相關的研究結果顯示，早期大陸台商生產的原物料幾乎九成是來自於台灣的母公司，而只有一成是當地採購。現在隨著大陸當地生產的增加，大陸台商當地採購的比重也增加，但是台商向台灣採購原物料的比重，仍然維持在大約五成的水準。在同一原因下，早期台灣對大陸出口當中，有超過九成的商品是原物料與半成品，現在仍然高達七成是原物料與半成品，主要是因為台商在兩岸採購的結果。換句話說，兩岸貿易是一種由投資所帶動的產業間上下游的貿易關係，也就是所謂的「產業內貿易」（intra-industry trade）。[2]

然而，2001年底，大陸加入世界貿易組織（WTO）後，其平均進口關稅仍然維持在9.7%的水準，使得兩岸間的貿易成本相對是很高的，這對兩岸貿易造成不利的影響，致使台商在兩岸之間的貿易成本增加，也使得兩岸之間產業鏈的關係受到很大的限制。更何況2000年以來，東亞國家之間正在快速的洽簽自由貿易協議（FTA），未來東亞國家之間的關稅將會大幅下降，這將會對於台灣產品外銷造成重大的負面衝擊。因此，2010年6月，兩岸簽署ECFA，一方面是讓兩岸的貿易能更順利的進行，一方面也是讓台灣開始能與東亞經濟進行更密切的整合。[3]

其實，ECFA的效果不是單單的讓兩岸貿易成本減少而已，而是讓兩岸的產業與生產鏈得以有更進一步的整合。因為在過去二十年來，台商在大陸大量投資的結果，使得台商在兩岸已經造成了相當緊密的生產鏈。現在在兩岸原物料與成品貿易大幅降低的情況下，未來兩岸之間的生產必然會有更大幅度的整合。再加上近幾年來，大陸的內需市場快速成長，台商

---

[2] 高希均等（1992，1995）及林祖嘉（2008）針對兩岸經貿對於台灣經濟的影響有很深入的探討，值得參考。

[3] 關於東亞經濟整合對於台灣經濟的影響及兩岸關係的影響，請參見林祖嘉與陳德昇（2011）、林祖嘉（2012a）、林祖嘉與譚瑾瑜（2012）及Lin（2011）的討論。

進入大陸內需市場的腳步也在加速。因此，未來兩岸產業的深化合作是一個必然的趨勢。

而在ECFA當中，也有一些關於擴大兩岸產業合作的相關規定，包括設立兩岸產業合作論壇等。而在2009年經濟部就成立了一個兩岸產業搭橋辦公室，主要目的就是希望以政府的力量，來加速促進兩岸產業更多的合作。2010年兩岸簽署ECFA之後，兩岸搭橋計畫也被正式納入「兩岸產業論壇」之中。2011年10月底，兩岸產業論壇在大陸江蘇昆山市召開了第一次的兩岸產業合作論壇會議。到目前為止，兩岸搭橋計畫中已經選定了五種產業，作為未來兩岸產業合作的重點發展產業，包括LED照明、冷鏈物流、無線城市、電動汽車與TFT-LCD。

不過，由於這些產業的合作在大陸進行試點合作，使得目前兩岸的產業合作結果，比較類似當地政府在進行招募台商的工作，而使得兩岸產業合作的美意大大的打了折扣。2012年3月，經濟部決定要大幅開放陸資來台，此舉將會使得大陸企業來台投資的可能性大幅提高，屆時兩岸產業可以在兩岸進行更深入的整合及策略性的合作，相信未來兩岸產業的合作機會必然會大幅增加。因此，本文主要目的在探討兩岸貿易與投資大幅放寬的情況下，未來兩岸應如何更努力的去尋找產業合作的機會，使得兩岸產業得以發揮更多的比較利益，讓兩岸的產業能有更高的競爭力，進而在未來的東亞市場或是全球市場中占有一席之地。也就是要讓兩岸攜手，一起賺外國人的錢。

貳、兩岸產業對接的機會

一、搭橋專案概述

　　兩岸搭橋專案是由台灣經濟部與大陸國務院台灣事務辦公室於2009年共同提出。其目的主要是希望兩邊透過政府的力量，來達到深化兩岸與產業合作的目的。台灣方面是以經濟部當作主辦單位；因為大陸相關的部會太分散，因此大陸方面是以「國台辦」為主辦單位，然後再召集各相關部會參與。[4]

　　雖然目前台商在大陸投資與生產量持續增長，但亦經常會遇到一些問題，而且很多需要經由公權力的介入來解決。不過由於目前台灣的公權力很難進入大陸，因此希望能藉由搭橋專案，來協助台灣的產業進入大陸，並且與大陸的企業進行合作；而在開放陸資來台投資以後，也能協助大陸企業進入台灣。

　　搭橋專案的架構分成三個部分，經濟部成立搭橋專案辦公室，成立「指導小組」；另外由一部分的專家學者組成「顧問小組」，負責討論與選擇搭橋的產業項目與試點地點；最後再由一部分的學者和經濟部下屬單位的專家組成「工作小組」，進行實際的產業合作項目的推動與執行。

　　在經過大約四年半的討論與協商，目前兩岸搭橋專案共選擇了五個細項產業，作為合作的試點項目，其中包括LED照明、食品與冷鏈與精準物流，以及無線城市等三項較早提出，因此進度較快；另外兩項為電動汽車與TFT-LCD，提出合作的時間大約晚了一年，因此進度較慢。在此，我們把前三項的進度大略說明如下：

　　首先，在LED照明方面，由於大陸官方在全國努力推動的項目，稱為「千城萬盞」計畫，大陸希望把一些主要城市的路燈及相關的照明設備改

---

[4] 關於兩岸搭橋專案的詳細內容，可參見張超群與李佩縈（2012）的討論。

成LED照明，以達到節能環保的目標。而台商在生產與研發LED照明的能力很強，因此兩岸在此一項目上有很大的合作空間。尤其是，由於LED照明是一個較新的產業，目前國際上缺乏共同的標準與規格，因此如果可以利用台灣的生產與技術，再加上大陸的市場，雙方可以共同訂出規格與標準，那麼未來兩岸在此一產品的發展上將會有很大的機會來領先全球。

目前，兩岸已經選擇把廣州的某一條新建地鐵線，其內全部LED照明完全由台灣來提供，作為一個試點項目，檢視成果。另外一個試點項目是選擇廈門市的一條街的路燈，完全用LED照明，而且都是由台灣企業提供相關的照明設備。

其次，在冷鏈與精準物流方面，由於大陸「十二五規畫」中要積極推動「擴大內需」，因此服務業與物流必然會成為一項重要的發展項目。然而，由於大陸在食品（低溫）物流的技術較差，運送過程中的損耗很大，而且容易產生食品腐壞與食用安全上的問題，因此大陸很需要提升這方面的技術。而台灣在這方面的技術、設備與經驗都不錯，因此選擇此一產業作為另外一個合作的項目，未來兩岸在此一產業都將有很大的發展空間。

目前搭橋專案建議由天津與廈門兩城市，進行兩岸食品與物流試點合作的示範城市規畫。同時，規畫建設天津「城市物流配送中心」，建立支援城市商品流通活動之智慧型物流網絡節點；另外，廈門推動「兩岸虛擬合作特區」，試行兩岸商品交易之進口許可、產品檢疫、國際運輸等互惠政策，建立兩岸國際物流綠色快速通道。

第三，在無線城市合作方面，兩岸對於無線城市的發展都非常有興趣，一方面它可以提供人們更方便的生活，屬於服務業；但是另一方面，它又需要很高的產業技術與硬體設備，而兩岸在這方面的相關技術都不錯，因此大家都希望選擇此項產業為另外一個合作的重點項目。

目前無線城市試點項目以TD-SCDMA（大陸想要發展的規格）為主，WiFi（台灣想要發展的規格）為輔；同時，暫定以寧波、成都或南京

作為兩岸無線城市試點項目候選城市。

二、「十二五規畫」與「黃金十年」兩岸產業對接的機會

　　除了目前兩岸正在進行搭橋專案中的產業合作以外，其實大陸在「十二五規畫」中，選擇了一些產業作為大陸未來發展的主要產業，其中製造業有所謂的「七大戰略性產業」，包括節能環保、新一代信息、生物技術、高端裝備製造、新能源、新材料與新能源汽車等等。另外，在服務業方面，大陸「十二五規畫」中，也選擇許多重要的細項產業，包括高技術服務業、金融服務業、現代物流業、商業服務業、家庭服務業、商貿服務業、旅遊業及體育產業等。

　　由於「十二五規畫」中，預訂在2011到2015的五年內，要把服務業占國內生產總值（GDP）的比重從42%提高到46%。然而，由於這五年內大陸GDP成長率的規畫目標是平均7.5%，因此，如果服務業占GDP的比重要在五年內提高到46%，我們估計大陸服務業每年的成長率至少要在10%至12%之間。也就是說，未來五年內，大陸服務業的成長潛力將是非常可觀的。

　　另一方面，台灣也在推行「黃金十年」，其中也非常強調對於新興產業的發展，其重點發展的產業有「六大新興產業」，包括生物科技、觀光旅遊、綠色能源、醫療照護、精緻農業與文化創意產業等；「四大智慧型產業」包括雲端運算、智慧電動車、發明專利化產業與智慧綠建築等。另外，還有「十大服務業」，包括國際醫療、國際物流、音樂及數位內容、會展、美食國際化、都市更新、WiMAX、華文電子商務、教育、金融服務業等等。相較於大陸強調高科技產業的發展，台灣產業發展的重點似乎更著重於服務業及軟體產業的發展。[5]

---

[5] 關於「十二五規畫」與「黃金十年」中兩岸產業對接的相關討論，可參見林祖嘉與譚瑾瑜（2011b）。

在表一中，我們把兩岸計畫發展的高科技產業加以比較，結果發現在大陸的七大戰略性產業中，有五項是與台灣想要發展的重點產業相吻合。由於這些產業都屬於較新的產業，國際上也都在努力發展這些產業，因此兩岸既然想要建立這些產業，就應該提供更多的機會來共同發展這些產業。

表一：兩岸推動中的新興產業對照表

	中國大陸 七大戰略性產業	與台灣對應的政策	
		名稱	分類
1	節能環保	綠色能源	六大新興產業
2	新一代信息技術	雲端運算	四大新興智慧型產業
3	生物	生物科技	六大新興產業
4	高端裝備製造		
5	新能源	綠色能源	六大新興產業
6	新材料		
7	新能源汽車	智慧電動車	四大新興智慧型產業

資料來源：林祖嘉、譚瑾瑜（2011a）。

在表二中，列出並且比較兩岸有意發展的服務業，結果再度發現其實兩岸想要發展的服務業也有相當雷同之處。不過，由於台灣在服務業發展的程度高於大陸服務業，因此台灣所列出的服務業發展項目便多於大陸的項目。不過，由於服務業是一項內需產業，因此發展服務業一定得和國內市場結合，因此如果台商想要發展服務業，那麼相當程度上他們必須赴大陸投資設廠或公司，才有機會利用大陸的服務業市場。

表二：兩岸重點服務業對照表

大陸		台灣	
名稱	分類	名稱	分類
生產性服務業	高技術服務業	發明專利產業化	四大新興智慧型產業
		音樂及數位內容	十大重點服務業
		WiMax	
		華文電子商務	
	金融服務業	--	--
	現代物流業	國際物流	十大重點服務業
	--	高科技及創新產業籌資中心	
	商務服務業	會展	
生活性服務業	家庭服務業	醫療照護	六大新興產業
	商貿服務業	美食國際化	十大重點服務業
	旅遊業	觀光旅遊	六大新興產業
		國際醫療	十大重點服務業
	體育產業	--	--
--		文化創意	六大新興產業
		精緻農業	
		智慧綠建築	四大新興智慧型產業
		都市更新	十大重點服務業
		高等教育輸出	

資料來源：同表一。

　　大致上來說，台商進入大陸市場的利基很多，包括：第一，服務業是內需市場，因此與一個國家的經濟規模及人民的購買力有很密切的關係。而大陸有十三億的人口，市場潛力很大；再加上其人均GDP快速成長，購買力自然是愈來愈可觀。因此很多人說，大陸已經由「世界製造工廠」轉

變成「世界消費市場」，所以未來台商在大陸的服務業會有很多的機會。第二，服務業是需要人與人的接觸，因此需要很多的語言與交易習慣的配合，由於兩岸沒有語言上的障礙，再加上兩岸交易習慣相似，因此台商在大陸發展服務業的機會，要比其他國家企業的機會來得高。第三，台商在台灣發展服務業已經有相當長的時間，我國目前服務業占GDP比重已經達到68%，與美日等國的水準相同。也就是說，台灣目前服務業的技術與水準已經相當不錯，領先大陸相同服務業有一段距離，因此台商服務業在大陸應該有很高的成功機會。

事實上，目前台商在大陸投資服務業的已經有很多了，其中成功的案例也不少，包括物流業的百腦匯與賽博數碼；零售批發業的遠東百貨、大潤發與85度C；文教業的吉的堡；醫療業的美兆健檢、廈門長庚醫院與南京明基醫院等；金融業的富邦銀行與三商銀等。我們相信在ECFA開放兩岸服務業投資的相關規定之後，未來兩岸服務業的相互投資必然會大幅增加，而台灣服務業在大陸的發展潛力也必然會更為可觀。[6]

參、ECFA後續協商重點探討

ECFA是一個架構協議，一般來說未來大概還有幾個重要的協議需要進一步的協商與洽簽，包括商品貿易協議、服務業貿易協議、投資協議、經濟合作協議以及爭端解決機制等。由於目前的早收清單中只有一小部分的商品被列入最早的降稅名單，因此未來仍然有相當多的商品要列入討論降稅的清單中。[7] 以中華民國海關進出口稅則的商品標準碼（HS Code）

---

[6] 關於服務業在大陸發展的機會，可參見林祖嘉等（2010）的討論與研究結果；關於ECFA對於台商服務業在大陸發展的機會，可參見林祖嘉與譚瑾瑜（2010b）的討論。

[7] 早收清單中，大陸給台灣的降稅商品有539項，以2010年的出口金額計算總額為138億美元，占台灣對大陸出口的16.1%；而台灣給大陸的是267項，總金額為28億美元，占大陸對台出口的10.5%。關於早收清單項目對於兩岸進出口的影響，請參見林祖嘉（2012b）的分析。

的六位碼來看，兩岸商品總數約為10,500項，其中扣除早收清單項目及2,000多項的農產品以外，仍然有8,000多項需要協商降稅的幅度與時程，因此還需要很長的時間。而且，由於兩岸雙方都認為不需要再有第二次的早收清單，降稅協商應該一步到位來看，兩岸商品貿易協議完成的協商時間，應該再兩年左右才能完成。

不過，我們要指出的是，雖然降稅的協議會在兩年內完成，但是由於有一些商品較為敏感，開放以後對於我們國內的衝擊可能較大，因此實際降稅的時程可能會拉得更長，也許五到十年之間都是有可能的。

其次，在服務業貿易部分，由於服務業之中有很多是屬於特許行業，例如金融業與電信事業，因此服務業的協議通常會比商品貿易協議來得慢，而且由於大陸本身的服務業發展較慢，他們對於服務業的開放本來也就較為謹慎，因此未來兩岸在洽簽服務業協議的時程必然也會比較久。我們建議一個很好的參考點，就是大陸與港澳在2004年洽簽的更緊密經濟夥伴協議（CEPA）。由於港澳都是以服務業為最主要的產業，因此他們與大陸洽簽CEPA之後，每一年都對於服務業協議進行補充，所以到目前為止，大陸對於港澳服務業開放的速度，是遠遠大於大陸對其他國家在WTO下所承諾開放的速度。因此，我們建議兩岸之間的ECFA，也可以參考CEPA的內容進行相關服務業開放的洽簽。

第三，在投資協議部分，一般來說可分成投資保障與投資促進兩個部分。其中在投資保障協議方面，一個主要的議題是關於台商在大陸人身安全的問題，這是台商非常關心的部分。因為很多時候，當台商與大陸的企業發生商業糾紛時，不論是否是台商的錯，很多台商經常就被帶到大陸的司法單位被留置，而且經常一留就是兩個星期。問題是，當台商被留置時，他們也不被允許打電話給他們的家人或是律師，形成了失蹤人口。這對於台商本人或是家人都造成非常大的人身安全與困擾，因此台商強烈要求在投資保障協議中，一定要有一項關於台商人身安全問題的相關規定，

讓台商不論因為任何理由而被留置時，都可以在24小時內打電話，讓他們的家人或律師知道他們人在何方，從而可以得到必要的協助。雖然目前大陸的法律並不允許被司法機關留置的本國人士打電話，但是對於大陸本國人民而言，此種作法也等於是對於人權一個很大的侵犯，因此未來對於台商在這一部分的要求應會得到較為滿意的回應。

投保協議中另外一個主要的問題，是關於第三地仲裁的問題。由於台商在大陸經常會與當地的在地企業或是地方政府，產生貿易上的糾紛，而這些糾紛如果要透過法院，經常會曠日費時，因此許多台商認為經過仲裁會得到比較快的結果。但是，如果在大陸當地仲裁，則仲裁的結果經常有利於大陸一方，尤其是當產生糾紛的另外一方是當地的地方政府時，台商經常會遭遇重大的經濟損失。因此，台商希望兩岸能尋找第三國進行仲裁，但是由於這牽涉到第三國的問題，而大陸始終認為ECFA應該是只涉及兩岸雙方的事宜，不應該有第三方進來，而成為國際問題，因此他們認為最好的方式就是把第三地仲裁放在香港。但是，對很多台商而言，他們認為香港仍然是大陸的一部分，因此對於在香港仲裁的結果仍然沒有信心。台灣政府也曾建議到新加坡進行仲裁，或是到法國的國際民間組織進行仲裁，但是，這會牽涉到第三國，因此大陸又極力反對。所以到目前為止，第三地仲裁的事宜一直談不攏。我們建議其實可以找到一個折衷的方式，就是兩岸仍然選擇在香港進行第三地仲裁，但是在仲裁員的組成當中，由一位大陸人、一位台灣人及一位外國人來組成。因為這裡有外國人的參與，因此台商對於仲裁的結果比較可以放心；另一方面，仲裁又是在香港進行，因此大陸也不必擔心把兩岸問題拿到國際上去討論。我們認為此種方式一方面可以維持大陸的面子問題；另一方面，又可以使得台商在進行仲裁時得到完整的保障。可以說是大陸取得了面子，而台灣取得了裡子，這對雙方而言，應該是一個比較可以為雙方都接受的方法。

投資協議中另外一項重要的協議，就是關於投資促進的問題，長久以

來，由於大陸對於台商一直提供很多的投資優惠，吸引很多台商赴大陸投資。但是，相反的，大陸企業到台灣投資的家數卻是寥寥無幾。即使是2009年6月，我們政府開放陸資來台投資，但是到目前為止，陸資來台的家數與件數都非常有限，[8] 因此，為了吸引更多的陸資來台投資，經濟部已經決定將再度大幅開放陸資來台的相關規定，希望能吸引更多的陸資來台投資。

肆、開放陸資來台與兩岸產業策略性合作前景探討

早在1987年底，台灣開放人民赴大陸探親以來，台商就以各種名義大量的進入大陸設廠投資。依陸委會統計資料顯示，到2011年年底為止，台商赴大陸投資的總件數為39,572件，而累積投資金額為1,117億美元。而如果依大陸官方統計資料顯示，台商赴大陸投資的件數為85,509件，實際到位的投資金額為540億美元。不論是以哪一項統計為準，結果皆顯示出台商赴大陸投資的金額與件數都非常龐大。[9]

然而，雖然台商大量赴大陸投資，但是台灣對於開放陸資來台投資，卻一直非常不樂意，因此政策上就遲遲未能開放陸資來台。[10] 直到2009年6月，經濟部才陸續開放陸資來台投資（參見表三至表六）。

在2009年的開放項目中，製造業只開放64項，占所有製造業211項的

---

[8] 到2011年年底為止，陸資來台投資的總件數為204件，累計投資金額只有1億7,556萬7,000美元。此一數據單單與大陸2010年赴海外投資的688億美元相比，幾乎是微不足道的。

[9] 關於台商赴大陸投資的情況及其產生的影響，可參見高希均等（1992，1995）及林祖嘉（2008）的討論。

[10] 民進黨執政時代曾經於2001年開放陸資來台投資不動產，但是由於其他相關規定太嚴，使得陸資來台投資不動產的件數非常少，少到大多數的國人可能都不知道我們已經有了開放陸資來台投資不動產的相關規定。

30.1%，但是由於很多的相關規定並沒有同時開放，使得陸資來台投資的成效不佳。另外，服務業開放130項，占總數316項的41.1%。政府採購項目則開放11項，占總數43項的25.6%。由於開放後陸資來台投資的件數與金額都很少，因此2011年3月，經濟部又再追加開放的項目，但是對於吸引陸資來台投資的效果仍然十分有限。

2012年3月，經濟部再度大幅開放陸資來台投資的項目，其中製造業開放的項目達到204項，占全部的96.7%。幾乎等於絕大多數的製造業都已經開放允許大陸來台投資，剩下的極少數還沒有開放的項目，包括一些敏感的高科技產業及一些高污染的產業。因此，我們認為在這一次大幅開放陸資來台投資項目以後，陸資應該對於來台投資的興趣會大幅增加。

至於在服務業方面，開放的項目也增加到161項，占總數的51.0%，也就是說，超過一半的服務業已經對大陸開放。但是其中仍然有許多敏感的產業是沒有對大陸開放的，比方說電信事業。另一方面，雖然服務業好像開放了不少，但是一些其他規定仍然很多，比方說，目前陸資來併購台資銀行，一家陸資銀行最多只能購買一家台灣的銀行5%的股權；而一家台灣的銀行被陸資入股最多只能到10%。這是相當嚴格的限制，因為目前台灣對於陸資以外的外資銀行，是得以100%的購買台灣的銀行。而就算與大陸開放外資銀行併購的規定來看，每一家大陸銀行最多只能被外資持有20%的股權，因此相對來說，台灣對於陸資銀行入股的相關規定，仍然是過於嚴苛。因為對於銀行的併購來說，5%的持股實在是太少，並不符合經濟規模的原則，更不必說是形成策略性聯盟，以便發揮企業整合的綜效（synergy effect）。因此，我們建議未來對於開放陸資銀行來台的相關規定，應該考慮加以放寬。

同時，政府採購的開放項目也增加到43項，占總數的51.2%。再從全部開放的項目來看，目前開放的項目總數為408項，占全部項目611項的66.8%，也就是說經過這一次的開放以後，大約三分之二的項目都已經開

放。其中尤其是製造業的開放項目已經達到96.7%，我們認為今後陸資來台投資的興趣應該會提高很多。

　　當然，在此同時，除了開放更多的產業項目以外，其他的相關規定也應該同時進行檢討。比方說，政府開放陸資來台投資時，其管理人員在台灣的停留時間不得超過六個月，這對於任何一家企業而言，都會是很困擾的規定。因為六個月大約只夠一個外派的管理人員剛進入適應，然後就必須離開。在此種嚴格的規定下，陸資企業來台投資可能是很難找到管理人員願意過來，因此對於陸資來台投資就會形成障礙。我們認為：經濟部應該要全面檢討對於陸資來台可能造成不便的一些不合理規定，並且應該盡速加以改善，以確保有意來台投資的陸資，不會為了這些限制性規定而裹足不前。

　　至於2012年3月經濟部開放陸資來台投資的細項項目，請參考表四、表五與表六。

表三：第一、二、三階段開放陸資來台投資業別項數統計

	2009.06.30 第一階段開放項數	2011.03.07 第二階段開放項數	2012.03.19 第三階段開放項數	合計 （分類總項數）	開放比例 （％）
製造業	64	25	115	204(211)	96.68
服務業	130	8	23	161(316)	50.95
公共建設	11	9	23	43(84)	51.19
合計	205	42	161	408(611)	66.78

註：製造業及服務業項數於第一、二階段發布時，係採行業標準分類第八次修訂版；第三階段則改採行標準分類第九次修訂版。

資料來源：經濟部。

表四：製造業新增開放項目115項

開放項數	類別	限制條件
31	食品製造業（17）；非酒精飲料製造業；紙漿、紙及紙品製造（5）；化學製品製造業；原料藥製造業（非屬中藥原料藥製造者）、生物製品製造業（2）；鋼鐵冶煉業；金屬手工具及模具製造業（2）；其他運輸工具製造業（2）	1.限投資台灣地區現有事業。 2.陸資持股比率不得超過50%。
2	發光二極體製造業；太陽能電池製造業	1.應提出產業合作策略並經專案審查通過。 2.對投資事業不得具有控制能力。
7	啤酒製造業；其他酒精飲料製造業；基本化學材料製造業；其他化學製品製造業；未分類其他基本金屬製造業；未分類其他運輸工具及其零件製造業；其他未分類製造業	與僑外投資項目訂有相同限制條件。
75	製糖業；皮革、毛皮及其製品製造業（4）；木竹製品製造業（5）；紙漿、紙及紙品製造業；石油及煤製品製造業；化學材料製造業（4）；化學製品製造業；體外檢驗試劑製造業；非金屬礦物製品製造業（16）；基本金屬製造業（10）；金屬製品製造業（8）；電子零組件製造業（4）；電腦、電子產品及光學製品製造業（5）；電力設備製造業（2）；機械設備製造業（6）；其他製造業（6）	不附帶限制條件。

資料來源：同表三。

表五：服務業新增開放項目23項

開放項數	類別	限制條件
23	大眾捷運運輸系統業；其他陸上運輸輔助業	1.限依「促進民間參與公共建設法」投資公共建設案之營運區域及業務範圍，並經目的事業主管機關專案審查。 2.對投資事業不得具有控制能力。
	創業投資公司	陸資對投資事業及其轉投資事業不得具有控制能力。
	廣告業	不開放一般廣告業，僅開放戶外廣告及其他廣告。
	未分類其他專業、科學及技術服務業–能源技術服務業	限開放能源技術服務業。
	其他機器設備租賃業	不開放電信設備、醫療機械設備及電力設備。
	清潔服務業	限建築物清潔服務。
	汽車維修業	限依「促進民間參與公共建設法」投資公共建設案「國道服務區」之營運區域及業務範圍，或投資汽車製造業、汽車批發業所附帶經營。
	非酒精飲料店業；酒精飲料店業；攝影業；翻譯服務業；租賃業（5）；影印業；個人及家庭用品維修業（5）	不附帶限制條件。

資料來源：同表三。

表六：公共建設新增開放項目23項

開放項數	類別	限制條件
23	公路	限國道服務區。
	大型物流中心	1.限採合資。 2.對投資事業不得具有控制能力。
	轉運站；車站；調度站等三項	限公路客運。
	依法核准設置之殯葬設施	限殯儀館及火化場。
	其他經主管機關認定之社會福利設施	採個案認定。
	市區快速道路；大眾捷運系統；輕軌運輸系統；橋梁及隧道；公立文化機構及其設施；依法指定之古蹟、登錄之歷史建築及其設施；其他經目的事業主管機關認定之文化、教育機構及其設施等七項	外資（含陸資）持股比率須低於50%，且不得超過台灣地區最大股東之持股比率。
	國家公園；纜車系統；國際展覽中心；傳統零售市場；離島地區大型購物中心；工業區；深層海水產業園區；公園綠地設施；新市鎮開發	不附帶限制條件。

資料來源：同表三。

　　最後，必須特別指出的是，在過去兩年推動的搭橋專案當中，大都是由台灣的企業赴大陸進行合作方案，因此常常會成為大陸地方政府的招商大會，而失去了兩岸產業合作的真正精神。因此，我們建議經濟部應該利用這一次大幅開放陸資來台投資的機會，主動去邀請一些陸資企業來台投資，同時，以策略性合作的方式，來讓兩岸企業進行更緊密的整合。比方說，兩岸的銀行可以採行股權交換，形成交互投資，而成為策略性夥伴。比方說，當大陸台商想要拿大陸工廠的資產，來向台灣的銀行貸款時，台灣的銀行就可以請大陸的策略性夥伴幫忙在大陸對這家企業進行徵信，而不必由台灣的銀行親自赴大陸進行徵信。再比方說，大陸的電視工廠（例如長虹）與台灣的TFT-LCD工廠（例如友達）交換持股，形成策略夥伴關

係。如此一來，長虹的訂單可以長期交給友達來生產，而友達賺到的錢之中，有一部分又被長虹賺回去。因此長虹會有誘因不斷的把訂單交給友達來生產，而友達也可以因為此一策略性聯盟，使得訂單得以持續，最終雙方企業都會得利。這就是一種綜效的發揮。

伍、結語

自從2008年5月，馬總統上任以來，兩岸關係不斷改善，也使得兩岸經濟合作與產業合作都往前邁進了一大步。這持續改善兩岸的整體關係，而且對於台灣的經濟有很大的助益，同時兩岸產業合作的機會也不斷增加。但是，洽簽ECFA只是第一步，未來還有商品貿易協議、服務業貿易協議、投資協議及經濟合作協議等多項協議要進行洽簽，因此未來兩岸關係仍然有很長的路要走。

另一方面，大陸「十二五規畫」中，大陸要加強發展許多新興產業，包括高科技產業與服務業等等。同樣的，台灣的「黃金十年」當中，我們也要加強發展許多的新興產業，兩岸可以在這些新興產業方面多方合作。其中不只包括高科技產業，也包括了許多的服務業，因為服務業需要很多的人員接觸，而兩岸在語言上與交易習慣上都是相同的，因此我們認為未來台商在兩岸服務業的發展上，必然會有很多的機會。

最後，2012年3月經濟部主動決定大幅開放陸資來台，其中製造業開放的項目將超過95%，因此我們認為未來陸資大量來台投資的機會很大。而經濟部應該利用此一機會，主動的去邀請一些陸資來台灣投資，同時可以與台灣的企業形成策略聯盟，讓兩岸企業可以利用策略聯盟的方式，收到企業併購時的綜效，讓兩岸產業的競爭力得以充分發揮，如此才能收到開放陸資來台投資的最大效果。

參考書目

一、中文部分

李誠主編（2012），後ECFA時代的台灣經濟發展政策（台北：遠流出版社）。

林祖嘉（2008），重回經濟高點：兩岸經貿與台灣未來（台北：高寶文化出版公司）。

林祖嘉主編（2012a），ECFA與東亞經濟整合及產業合作（台北：國家政策研究基金會）。

林祖嘉（2012b），「ECFA中關稅降低效益之探討」，李誠主編，後ECFA時代的台灣經濟發展
　　政策（台北：遠流出版社），頁115-136。

林祖嘉、洪順慶、林柏生、黃思明（2010），大陸台商服務業經營環境與策略之研究」（台北：
　　海基會）。

林祖嘉、陳德昇主編（2011），ECFA與台日商策略聯盟：經驗、案例與展望：精英觀點與訪談實錄
　　（新北：INK印刻文學出版公司）。

林祖嘉、譚瑾瑜（2010a），「大陸『十二五規劃』走向與兩岸產業合作契機」，兩岸經貿月
　　刊，2010年12月號，第228期，頁6-8。

林祖嘉、譚瑾瑜（2010b），「ECFA後兩岸服務貿易深化合作方向之探討」，發表於「海
　　峽兩岸經濟合作實務論壇」研討會論文，頁45-60，經濟部貿易調查委員會主辦，
　　2010.12.20-21，台北。

林祖嘉、譚瑾瑜（2011a），「兩岸經貿新局」，開創新猷：後ECFA時代台灣經濟的機會與挑戰，
　　遠東白皮書系列（台北：財團法人徐元智先生紀念基金會），第二章，頁37-82。

林祖嘉、譚瑾瑜（2011b），「大陸十二五規畫與兩岸經貿合作契機」，第三屆「兩岸關係和
　　平發展的機遇與挑戰」學術研討會，華東師範大學主辦，2011.10.29-31，上海。

林祖嘉、譚瑾瑜（2012），「東亞區域整合下，兩岸經濟合作發展趨勢分析」，林祖嘉主
　　編，ECFA與東亞經濟整合及產業合作（台北：國家政策研究基金會），第八章，頁263-
　　296。

高希均、李誠、林祖嘉（1992），台灣突破：兩岸經貿追蹤（台北：天下文化出版公司）。

高希均、林祖嘉、林文玲、許彩雪（1995），台商經驗：投資大陸的現場報導（台北：天下文

出版公司）。

張超群、李佩縈（2012），「兩岸產業科技合作現況與展望」，林祖嘉主編，ECFA與東亞經濟

　　整合及產業合作（台北：國家政策研究基金會），第七章，頁215-262。

二、英文部分

Lin, C.C. ed (2011), *ECFA and East Asia Economic Integration* (Taipi: National Policy Foundation).

中日韓自由貿易協定的發展：
區域經濟整合的挑戰與動力

吳玲君

（政治大學國際關係研究中心亞太所副研究員）

摘要

　　長期不被各界看好的中日韓自由貿易協定（China-Japan-Korea Free Trade Agreement, CJKFTA）構想，近年有了突破性的發展。三國不但宣布2012年內啟動三邊自由貿易協定談判，更正式簽署了三邊投資協議。由於受限於三國內外經濟結構與區域政治影響，其自由貿易合作的策略與態度不盡相同，故三方合作並簽訂自由貿易區被各界視為遙不可及之目標。本文旨在分析促成三方合作發展的重要政經策略因素，主要論點為亞太與東亞區域內自由貿易協議（FTA）競賽造成中日韓三方合作的壓力，進而促使三國認知加速求同存異的必要性。

關鍵詞：區域經濟整合、自由貿易協定、三方合作、東亞合作、十加
　　　　一、十加三

壹、前言

　　長期不被各界看好的中日韓自由貿易協定（China-Japan-Korea Free Trade Agreement, CJKFTA）構想，又稱「三方合作」（Trilateral Cooperation）及「東北亞經濟合作體」，近年有突破性的發展。2012年5月13日在北京舉行的中日韓高峰會上，三國宣布本年內啟動三邊自由貿易協議（Free Trade Agreement, FTA）談判，並正式簽署三邊投資協議；這是中日韓經濟合作的第一個重要法律文件，也為中日韓自由貿易區提供重要基礎。

　　自2001年中日韓三方提出自由貿易區的願景後，三方FTA的研究與談判協商已進行多年。然而，受限於三國內外經濟結構與區域政治影響，三國對自由貿易合作的策略與態度不盡相同，因而此一目標也屢受挫折，更被各界視為遙不可及。本文旨在分析促成三方合作發展的重要政經策略因素，主要的論點為亞太與東亞區域內FTA競賽造成中日韓三方合作的壓力，進而促使三國認知加速求同存異的必要性。

貳、中日韓自由貿易協定的發展

　　東北亞中日韓貿易合作構想始於南韓，1999年起南韓學術界即已開始探討三方合作的可能性，該合作的討論則始於1999年召開的「東協加三」（ASEAN Plus Three）領導人會議，期間所舉行的中日韓「非正式早餐會」。[1] 此一構想與世界貿易組織（World Trade Organization, WTO）倡導

---

[1] 1999年11月的一場非正式會議，當時的日本首相小淵惠三、南韓總統金大中與中國總理朱鎔基在菲律賓首都馬尼拉出席東協與中日韓的「東協加三」之領導人會議，自此開啟中日韓三國合作的新頁。

全球貿易自由化的目標下，區域化的潮流息息相關。當時，由於區域主義快速發展，東亞國家認為區域需要有如歐盟（European Union, EU）及北美自由貿易協定（North American Free Trade Agreement, NAFTA）等實力相當的合作機制。因此，東亞國家計畫以「東協加三」為合作架構，包括了十個東協國家及三個東北亞國家所固定召開的「東協加三」、「東協加中國」、「東協加日本」、「東協加韓國」及「中日韓」等多重區域合作論壇，期望逐步實踐東亞內部經貿整合。

　　然而，相較於東協加三下以東協為中心的合作，中日韓自由貿易協定之談判卻進行得不順利。雖然2003年10月6日在印尼召開的第五次中日韓高峰會談期間，三國領導人簽署「中日韓推進三方合作聯合宣言」，[2]公開肯定東北亞自由貿易協定的目標，但是受限於三國內外經濟結構與區域政治影響，讓三方合作多次面臨談判破裂的困境。

　　不過，近年來三方合作開始有了明顯進展。2009年10月25日在泰國華欣舉行的第六次中國、日本、南韓經貿部長會議中，三方於會後發表「第六次日韓中經貿部長會議聯合聲明」。[3] 在此一聲明中，中日韓官方正式公開認同此一構想，且在有關FTA之民間共同研究會議上更展現積極態度。2010年5月30日，中日韓三國於南韓濟州島舉行第三次中日韓領袖會議，會中三國通過「2020年中日韓合作展望」。[4] 接著，於2011年5月22

---

[2]　陳柳欽，〈中韓日FTA建立的可能性與路徑選擇〉，《當代韓國》，2008年春季號，2008年1月，頁35-46。

[3]　Soh-jung Yoo, "Korea, China, Japan agree to start joint study on FTA," *The Korea Herald*, October 13, 2009, <http://www.lexisnexis.com/us/lnacademic/results/docview/docview.do?docLinkInd=true&risb=21_T8070187151&format=GNBFI&sort=RELEVANCE&startDocNo=1&resultsUrlKey=29_T8070187160&cisb=22_T8070187159&treeMax=true&treeWidth=0&csi=158208&docNo=1>.

[4]　請參考中華人民共和國外交部，〈2020中日韓合作展望〉，2010年5月30日，〈中日韓重要文件〉，<http://big5.fmprc.gov.cn/gate/big5/www.mfa.gov.cn/chn/pds/gjhdq/gjhdqzz/zrhhz/zywj/t705958.htm>。

日，中國國務院總理溫家寶、日本前首相菅直人與南韓總統李明博在東京三國領導人會議中，就有關中日韓自由貿易區構想之產官學聯合研究工作達成協議；三方一致同意加速啟動自由貿易協定談判。同年9月27日，中日韓三國合作秘書處在南韓首爾正式掛牌成立。[5] 之後，在2012年5月13日北京舉行的中日韓高峰會上，三國宣布本年內啟動三方自由貿易協定談判，並正式簽署三方投資協議；此一重要法律文件，為三方合作提供重要基礎。

參、建立三國自由貿易協定的基礎與挑戰

　　歷時十年的中日韓FTA談判終於跨出重要一步，顯示東亞經濟整合逐漸明朗。其實就構想的本身而言，中日韓FTA的自由貿易區構想有實質理論基礎；除了地理位置相近外，三國在冷戰結束後同時進行經濟改革，不僅煥發了各自的經濟活力，也推動了彼此產業的依存與融合。而在投資交替下，產業分工也自然發展出經濟相互依存的基本格局。然而，三國從談判開始至設立秘書處至同意加速啟動自由貿易協定談判，過程卻相當冗長複雜。主要問題在於三國經濟發展階段有所不同，故各自有其市場顧慮，加上彼此間歷史陰影和政治不信任等因素，造成三方FTA策略的差異，談判也因突發事件屢屢受挫。

一、三國合作的基礎

　　中日韓三國是東北亞地區的三大經濟體，彼此為重要貿易夥伴。就經

---

[5] Ministry of Foreign Affairs of Japan, "Japan-China-ROK Trilateral Summit Memorandum on the establishment of the trilateral cooperation secretariat among the Governments of Japan, the People's Republic of China and the Republic of Korea," *Ministry of Foreign Affairs of Japan,* May 30, 2010, <http://www.mofa.go.jp/region/asia-paci/jck/summit1005/memorandum.html>. 秘書長按韓、日、中順序輪流提名任命，任期兩年。

濟學理論而言，自由貿易區將對區域產生貿易創造與轉向作用，這是由於區域內各國之間降低或取消關稅後，將刺激內部貿易增加，從而推動區域內的經濟增長。以當前形勢來看，在中日韓貿易關係日趨緊密的情況下，建立中日韓自由貿易區，一方面能掃除原先存在的貿易壁壘，三國間交易成本會降低，享受區域貿易安排產生的貿易創造效應；另一方面則可以享受到貿易擴大的效應，區內消費需求也會不斷增加，進而帶動中日韓三國各自經濟發展，應是增強三方對東亞FTA的推動力。除此之外，由於建立中日韓自由貿易區後，中日韓三國各自簽署FTA的國家多數是重疊的；都與東協國家自由貿易協定或是經濟夥伴協定層層相扣，彼此合作應是合理之事。

第二，三國在經濟結構上有互補性的優勢。經濟結構上三國的互補性優勢，也是中國與東北亞經貿合作環境中的重要機會。其中，日本為已開發國家，南韓屬於新興工業化國家，而中國則為開發中國家；三個發展程度不同的經濟體，讓三國在經濟結構上有互補性的優勢。首先，在勞動力資源上，日本和南韓存在人口年齡老化、勞動力成本高的隱憂，而中國則擁有大量勞動力，不但可以向日韓提供成本較低的勞動力，又可緩解自身的就業問題。

就產業結構而言，日本為資本密集和創新技術產業高度發展的現代化國家，而南韓則是次於日本的新興工業國家，技術密集型產業且資訊科技產業相當發達。目前南韓政府正在積極調整產業結構，朝向發展資本密集型和一般技術密集型產業。至於中國則是致力於工業化的開發中國家，屬於勞力密集型產業且擁有發達的製造業。可見從三方的產業結構來看，三方的互補性相當強。再則，在市場環境的互補上，三國之間出口商品結構不具明顯競爭關係，而在技術、資金、能源、礦產、勞動力、輕重工業和工農產品之間則具有明顯的互補性，故成立自由貿易區在理論上有實質的

基礎。[6]

另言之，伴隨著區內市場的擴大，以及來自內部和外部競爭的加劇，理論上技術和資本密集型產業會在三國間重新整合布局；在一些高附加價值產品和規模經濟效應明顯的產業中，中日韓可以在產業鏈的不同生產環節和有差異的產品間開展分工合作。此等研究結論認為，透過簽訂三國自由貿易協定，將提供更多契機以提升三國的經濟與貿易總體成長。而此一基本經濟環境利基，則可為東北亞地區帶來更深度整合的誘因。[7]

第三，當前東北亞局部地區仍存在諸多不安因素，而減緩衝突最好的方法，就是透過經濟合作建立彼此的信心。如朝鮮半島上南北韓的緊張局勢，中日、日韓之間的領土紛爭，三國之間的歷史遺留問題等，這些都影響著東北亞地區的和平與穩定。一般理論皆認為：解決歷史問題和保障區域安全最好的方法是經濟合作。因此，三國經濟合作有助於東北亞地區的長期和平與發展。更何況，三國領導人在亞太經濟合作會議（Asia-Pacific Economic Cooperation, APEC）與東協加三等的合作會議上，每年都定期聚首，共同商討區域合作事宜，此舉可促進定期會晤機制的正式形成，為實現中日韓自由貿易區創造有利條件。三國已經開始著手以中央政府為指導的經濟合作戰略，也只有三國之間透過良好經濟互動，才有可能建立起更深層次的政治合作關係。

第四，從過去經驗來看，全球化會造成市場風險；一個國家或一個區域的經濟發生危機後，會迅速擴散到全世界，1997至98年的亞洲金融危機就是個典型的例子。在全球化的環境下，中日韓自由貿易區的構建與合作在理論上也有利於保障經濟安全；憑藉日本既有的經濟實力、南韓新興工

6　吳玲君，「中國推動東北亞自由貿易區策略：機會與意願的研究途徑」，《遠景基金會季刊》，第13卷第2期，2012年4月，頁156。

7　T. J. Pempel, "Northeast Asian economic integration: A region in flux," *Asia-Pacific Review*, Vol. 14, No. 2, November 2007, pp. 60-61.

業化國家的優勢以及中國不斷增強的國際競爭力，將可望建構有利於防範
國際金融危機的區域經濟組織。

　　除此之外，中日韓三國政府皆肯定東北亞合作，不但有助於三國正在
進行的新國際貿易的協商，且東北亞合作與團結的形象可增加政府領袖的
曝光率，為三國增加國內的支持度與國際影響力。[8] 特別是目前國際金融
危機後，在美國經濟依然疲軟、歐債危機蔓延的背景下，中日韓三國為首
的東北亞經濟體在世界經濟新格局下會更受到重視。

二、推動中日韓自由貿易協定之挑戰

　　雖然三國有理論上合作的基礎，但是現實上的挑戰與困難卻甚高。第
一，理論上，區域內個別國家經濟發展上的差異應是加強區域合作的主要
動力來源，但是經濟結構差異大是誘因卻也是阻力。因為如此三國為推進
自由貿易區建設所需要進行之經濟結構調整的程度比較高，對不同社會集
團利益的衝擊也比較明顯，其所產生的社會壓力和阻力自然也就較大。例
如日本政府因國內紡織業、食品加工業等不具競爭力而特別敏感，而南韓
政府同樣也對食品加工業有所顧慮，故不輕言大幅開放國內市場。同理，
雖然經濟結構上有互補性為一優勢，但是巨大的經濟發展差距，也會導致
市場結構與消費上政策協調的困難，進一步成為合作的掣肘。[9] 而因為發
展不一將會造成市場容量及進口標準的差異，例如日韓對中國食品皆抱持

8　〈中國媒體觀察：中日韓向世界展示團結〉，《中國評論新聞網》，2011年5月24日，<
　　http://www.chinareviewnews.com/crn-webapp/search/allDetail.jsp?id=101703211&sw=%E4%B8
　　%AD%E5%9B%BD%E5%AA%92%E4%BD%93%E8%A7%82%E5%AF%9F%EF%BC%9A%
　　E4%B8%AD%E6%97%A5%E9%9F%A9%E5%90%91%E4%B8%96%E7%95%8C%E5%B1%
　　95%E7%A4%BA%E5%9B%A2%E7%BB%93>。

9　Sarah Chan & Chun-Chien Kuo, "Trilateral trade relations among China, Japan and South Korea:
　　Challenges and prospects of regional economic integration," *East Asia,* Vol. 22, No. 1, Spring 2005,
　　p. 47.

負面看法及南韓對中國下游製造業的戒備，以及中韓對日本電子業等工業進入的芥蒂等，皆為合作談判無法順利進展的原因。

第二，特定產業實施保護主義與商業環境的障礙將造成很大的困境。三國對國內的產業都有保護的措施，其中農業一直是影響建立中日韓自由貿易區的主要因素之一。在日本，農業雖不是一個重要產業，但農業集團是一個相當特殊的利益團體。同時，南韓對於農業的保護程度也較高，故日韓的雙邊FTA談判一直遲遲未果。[10] 而中國是一個農業大國，想當然農業問題也是制約其經濟發展的一大問題。在三方自由貿易區構建的過程中，若日韓一直不願開放農產品市場，中國農產品的比較優勢將無法發揮。可見中日韓三國若不能就農業問題達成共識，組建自由貿易區將困難重重。

此外，中國的商業環境也被視為三國合作的障礙；中國目前是最受矚目的製造區位與市場，但其中仍存有許多與商業環境相關之問題尚待解決。一般而言，雖然FTA對商業環境規定較WTO鬆散，只要締約國相互同意，談判的成功性相對較高。但是FTA簽訂的方式也各有不同；以日本為例，日本與他國間的FTA就不是如此。日本採取的是實用主義途徑，會要求對方改善其投資環境。包含貿易的便利性、投資規則與智慧財產權的體制建立、私人企業與政府間糾紛的解決機制等，都是為了活化東亞國際商品的分配網絡。而中國與東協的FTA又呈現出不一樣的面貌；中國與東協的FTA範圍僅限於關稅移除，因為讓中國進行改革的誘因還不夠強烈，故若想以FTA來要求中國進行國內體制的改革，似乎不是可行之道。不過近來在中國與澳洲的FTA協商中，似乎透露出中國開始有所改變。因此在三國進行談判之際，中國商業環境有關的問題就會被日本及南韓提及，希

---

[10] 2005年2月韓日雙方就農水產品領域在降低關稅和取消進口配額方面意見相左，韓國拒絕提交約定的降低關稅和撤銷配額商品的清單，致使兩國在此年度內達成FTA的願望再次出現波折。

望將中國改變成開發中國家的模範。[11]

　　第三，中日韓三國間政治互信度相對較低，政治因素常在無形之中困擾著中日韓自由貿易區合作的默契；尤其在經濟合作誘因或合作壓力不大之際，政治敏感議題就會浮現並進而阻撓談判。三國間本來即存在領土及領海主權問題，日本也背負著帝國主義向外侵略的沉重歷史記憶，且又有日本修憲問題及東北亞地區複雜的安全局勢等，此等都是不利三國之間經濟合作的潛在政治因素。[12] 過去曾有南韓盧武鉉政府提出東北亞合作倡議（Northeast Asian Cooperation Initiative, NEACI），企圖建立一個互信、互惠、共生的區域共同體，欲使過去的傷害降到最低，但最終由於北韓問題未能妥善解決，仍是功虧一簣。近年來，日韓關係又因日本教科書事件、日本首相小泉執意參拜靖國神社，以及獨／竹島（Dokdo/Takeshima）事件等而覆上陰霾。[13] 同時，三國在社會、文化方面也存在著挑戰；由於狹隘的國家主義與日益深化的猜忌，使得三國間共同的區域認同無法形成。如今，中國作為一個世界工廠，其崛起不僅對過去美國在東亞的優勢地位形成挑戰，大幅改變了東北亞地區的貿易動力，也對日韓兩國產生無形的威脅與不確定性，讓三國之合作困難度增加。[14] 因為上述各項歷史和社會文化因素，三國間很容易因偶發事件造成合作困境，例如2010年中國漁船

---

[11] Fukunari Kimura and Mitsuyo Ando, "Economic obstacles to a Northeast Asian FTA," in Jehoon Park , T. J. Pempel, and Gérard Roland eds., *Political Economy of Northeast Asian Regionalism Political Conflict and Economic Integration* (Massachusetts: Edward Elgar Publishing Limited, 2008), pp. 77-79.

[12] Jae Ho Chung, "China and Northeast Asia: A complex equation for 'Peaceful Rise'," *Politics,* Vol. 27, No.3, 2007, pp. 156-164.

[13] Mireya Solis and Saori N. Katada, "The Japan-Mexico FTA: A cross-regional step in the path towards Asian Regionalism," *Pacific Affairs,* Vol. 80, No. 2, Summer 2007, p. 283.

[14] Seungjoo Lee and Chung-in Moon, "South Korea's regional economic cooperation policy: The evolution of an adaptive strategy," in Vinod K. Aggarwal ed., *Northeast Asia: Ripe for Integration?* (Springer-Verlag: Berlin Heidelberg, 2008), pp. 47-49.

與日本巡邏船釣魚島相撞事件，即造成雙方暫停貿易的合作協定。[15]

肆、中日韓「三方合作」的動力

因為上述的種種因素，雖然三國認同中日韓自由貿易協定目標，卻因沒有特別的國際與區域壓力，同時基於自身的利益有不同路徑FTA策略，造成近十年來中日韓自由貿易協定一直躊躇不前。[16] 目前中日韓三國積極推動的態度引發各界高度關注，主要因素在於三國於國際經濟與區域整合的變化壓力下，認知東亞合作的重要趨勢，進而認同「求同存異」的重要性，並調整各自的區域FTA策略。

一、中國以三方合作加強東亞區域的競爭力

中國一直為三國之間推動「中日韓自由貿易協定」最積極的國家。[17] 2002年，中國提出有關建立「中日韓自由貿易區」構想的建議後，開始推動東北亞經濟整合。一般而言，中國官方與學術界皆認為東亞多層次合作架構，有助於規則的建立和良好治理能力的培育，而中日韓自由貿易協定為多層次合作架構中重要的一環。[18] 現今，東亞區域以東協為中

---

[15] 中國漁船與日本巡邏船釣魚島相撞事件是指發生於2010年9月7日的日本海上保安廳巡視船在釣魚島海域與中國漁船發生衝撞，並將中國船長詹其雄扣押的事件。

[16] 吳玲君，2012，同前引，頁143-181。

[17] 雖然，中國也企圖爭取「中韓」或「中日」的合作，特別是「中韓」經貿合作的談判一直斷斷續續，2012年5月初雙方共同宣布，將盡快啟動自由貿易協定；目前來看中國的三邊與兩邊自由貿易協定是同時進行的，其中「東北亞合作」是在中國完成「中國與東協」自由貿易協定後的既定政策。

[18] 中國學者認為：東亞合作的進程是四個輪子一起轉動：第一個輪子是「十加三」，即整個東亞範圍的對話與合作；第二個輪子是「十」，即東協自身的發展與合作；第三個輪子是「十加一」，即東協分別與中日韓之間的對話與合作；第四個輪子是「三」，即中日韓之間的對話與合作。四個輪子轉動即多層次的合作。請見張蘊嶺，「中國—東盟自由貿易區的機遇和挑戰」，《亞太經濟》，2003年第3期，2003年3月，頁2-4。

心的其他自由貿易合作「東協加中國」（China-ASEAN Free Trade Area, CAFTA, 2001）、「東協加日本」（Japan-ASEAN Economic Partnership Agreement, JAEPA, 2008）、「東協加南韓」（Korea-ASEAN Free Trade Area, KAFTA, 2009）等都已陸續簽訂完成，故東北亞三國在此形勢下，都有完成東亞區域合作版圖的最後一塊拼圖，建立以中國為主的東亞自由貿易區，以提高區域競爭力之意圖。

再則，長久以來，亞太與東亞的經濟整合經常呈現兩股互為消長的潮流。東亞區域經濟整合發展的動力，始於排除以美國為首的亞太集團，而亞太區域經濟的發展也經常制約或激勵東亞經濟合作的進展。近年來美國積極推動「跨太平洋戰略性經濟夥伴協定」（Trans-Pacific Strategic Economic Partnership Agreement, TPP），一般認為美國欲透過TPP的擴大運作，達成另一種形式的亞太自由貿易協定（Free Trade Agreement of Asia Pacific, FTAAP），以牽制中國在東亞的影響力。為了因應美國的政策，中國加速推動三國合作，在一定的程度上可以平衡美國所主導的FTAAP。

此外，更由於美國傳統結盟體系在東亞地區仍然明顯，嚴格說來，美日同盟的關係仍占優勢。故透過推動中日韓多元的經貿合作，美國主導東亞地區事務的能力可能會相對減弱，使中國在國際政治舞台上能更受國際社會重視，在地區事務中也擁有更多的發言權。

雖然中日韓對美國的出口比例逐年下降，但目前美國仍是三國的重要出口國，故三國經濟合作的成本與利益也須評估美國的經濟與政治策略。美韓自由貿易協定的簽訂及美國推動TPP，都對中國加強推動東北亞三國合作之意願有一定的影響。

二、南韓以三方合作爭取中國市場

過去南韓雖自稱東亞國家，但是其對外貿易與簽署自由貿易協定之策

略乃是以全球為格局，以區域集團及有潛力的新興市場為主要目標，並不局限於東亞地區。其最高政策目標是以保障南韓經貿利益與提升產業競爭力的策略為重點，而其簽署自由貿易協定的主要對象，皆是政府對企業界牽制較少，以及對出口有實際效益之國家，此也即是經濟利益和產業體系同時發展之戰略。[19] 自從南韓前總統盧武鉉在2003年發表名為（FTA Roadmap）的FTA藍圖後，同時多方與其他國家洽談FTA，至今短短九年間，南韓已使八個FTA成功簽署並生效，締約國達到45個國家之多，其FTA貿易量涵蓋率達到35％。若依締約國的國內生產總值（GDP）計算，南韓在全世界經濟領土已達到61％，成為世界貿易大國。[20]

　　在接連與歐盟及美國簽署雙邊FTA之後，南韓很明顯的將洽簽FTA的目標放在區域內的中國與日本。中國是南韓最大的出口市場，而一直將台灣視為競爭者的南韓，在台灣與中國簽署了「經濟合作架構協議」（Economic Cooperation Framework Agreement, ECFA）及台日投資協定後，更增加了南韓需與中國和日本洽簽FTA的急迫感。

三、日本以三方合作重新刺激經濟

　　日本之貿易政策一向以全球貿易為主，因此日本成為工業大國當中簽署FTA數目最少的國家。儘管日本政府有心將貿易政策的重心從多邊主義轉向雙邊或區域主義，也表示要考慮與中國及南韓洽簽FTA，但區域主義並未取代世界貿易組織的政策，中國也一直不在日本特別關注的範圍

---

[19] Chang Jae Lee, "Characteristics and prospects for East Asian economic integration: A Korean perspective," *Springer Science+Business Media LLC* (Published online, October 7, 2008), pp. 331-344, <http://ideas.repec.org/a/kap/ecopln/v41y2008i4p331-344.html>; Gilbert Rozman, "South Korea and Sino-Japanese rivalry: A middle power's options within the East Asian core triangle," *The Pacific Review,* Vol. 20, No. 2, June 2007, p. 197.

[20] 江睿智，「簽8個FTA達45締約國 短短9年韓國奮起」，《聯合報》，2012年6月20 日，<http://udn.com/NEWS/NATIONAL/NATS5/7168938.shtml>。

之內。[21] 早在2002年10月日本外務省公開的「日本的自由貿易協定戰略」中，日本即表明優先考慮與南韓和東協的自由貿易協定，中日自由貿易協定並非日本的優先考慮。[22]

　　更何況日本在簽訂自由貿易協定時選擇的形式和夥伴受到很大的限制，必須以經濟夥伴關係（Economic Partnership Agreement, EPA）為中心。EPA與FTA所標榜的內容特質不同；EPA涉及到投資、服務、人員移動及金融貨幣等新領域的規則制定權，而FTA則主要以生產網絡鞏固經濟聯繫作為區域合作之基礎。[23] 日本選擇以EPA為主要策略之原因，目的在迴避WTO內自由貿易中不利日本利益的規定，以便將農業等低生產效率部門排除在外，發揮日本在政策、法律、制度乃至技術、資金等方面之優勢。此一特質較能淡化日本農產品開放問題，使日本得以任意設定談判議

---

[21] 迄今日本政府還沒有就中日自由貿易協定進行談判與討論，主要是國內政治上的障礙仍使日本貿易政策裹足不前。除了利益團體的壓力外，相關政府部門派系的行政立場歧異，也是造成政府無法制訂出全面性區域自由貿易協定政策的重要因素之一。Hidetaka Yoshimatsu, "The politics of Japan's Free Trade Agreement," *Journal of Contemporary Asia*, Vol. 36, No. 4, November 2006, p. 479.

[22] 2002年10月日本外務省公開的「日本的自由貿易協定戰略」中，日本表明優先考慮韓國和東協，中日自由貿易協定也非日本的優先考慮。 "White paper on international trade 2002 key points－East Asian development and Japan's course,", Ministry of Economy, Trade and Industry, June 25, 2002, pp.47-49, < http://www.meti.go.jp/policy/trade_policy/whitepaper/data/wpit2002_points_e.pdf >.

[23] 2006年5月18日，日本內閣會議則審議通過了經濟產業省以EPA為核心的「經濟全球化戰略」。該戰略正式成為日本的國家戰略，其中包括「經濟夥伴關係行動計畫」、「東亞經濟夥伴關係構想」和「東亞經濟合作與發展組織構想」三部分。具體內容包括推進雙邊自由貿易的進程，推動日中韓自由貿易區做準備及建立東亞自由貿易區等。 "White paper on international economy and trade 2006: Toward 'Sustained Potential for Growth'," Ministry of Economy, Trade and Industry, June 2006, pp.4-5 <http://www.meti.go.jp/english/report/data/gIT2006maine.html>.

題時，經濟利益較大。[24] 因此，針對南韓、中國的談判，日本一直堅持將關於投資協定和知識產權協定的內容全面納入其中。此也正是日本目前所具備優勢的領域，有利於日本在締結自由貿易協定之過程中，獲得在這些領域的規則制定權，從而在合作中處於較優勢的地位，但此舉卻嚴重的阻礙了中國推動雙邊或三邊合作的進度。[25]

然而，近年來南韓在完成美國及歐盟簽署雙邊FTA，其產品逐漸成為日本海外市場最大的競爭對手；加上日圓升值所造成日本品牌大廠的巨額虧損等等因素，都讓日本政府開始重新思考其對外自由貿易經濟戰略，以對抗來自南韓的強力挑戰。換言之，日本因國內經濟成長停滯，急需要一個較大的市場來重新刺激經濟，而中國一直為日本最大的出口地區，且每年雙方的貿易還在成長，如果能促成中日韓FTA免除關稅，日本對中國的出口將會產生顯著的推升作用，此為日本願意重新接受中韓談判的巨大誘因。

簡言之，對中國而言，中日韓FTA是中國加速東亞經濟整合中最後的一個重要環節，不但可以增加自身競爭的籌碼，也可以平衡美國所主導的亞太合作力量。畢竟，中日韓三國是東亞地區經濟實力最堅強的國家，如2011年中日韓三國的國民生產總值就高達12.43兆美元，規模約占世界GDP的20%，人口達15.18億人，這將是繼歐盟與北美自由貿易區後為世界第三大經濟體。[26] 如果該協定完成，勢必具有一定的經濟實力，不容低

---

[24] Shujiro Urata, "Japan's FTA strategy and free trade area of Asia-Pacific," in Charles E. Morrison and Eduardo Pedrosa eds., *An APEC Trade Agenda?* (Singapore: Institute of Southeast Asian Studies, 2007), pp. 104-105.

[25] 吳玲君，〈日本FTA/EPA策略與東亞區域的整合〉，蔡增家主編，《東亞國際關係中的日本：邁向正常國家？》（台北：國立政治大學國際關係研究中心，2009)，頁2-24。

[26] 國民生產總值的來源請見2010年世界銀行公告之中國、日本與韓國的正式統計數字。World Bank, "Data Catalog," p.1.<http://data.worldbank.org/country/china>;p.1 <http://data.worldbank.org/country/japan>; p.1<http://data.worldbank.org/country/korea-republic>.

估。在中國積極推動中日韓FTA，日韓在區域國家競相爭取經濟合作的壓力下，若三方能在談判上避開敏感的農業等合作項目，將使東北亞的合作有明顯突破。

伍、結語

　　東北亞三國推動自由貿易合作經歷了十年的躊躇不前；期間因各國的FTA立場與策略不同，故曾進行多次談判協商，甚至面臨談判破裂的困境。2012年5月三國終於達成共識，同意在本年內啟動中日韓自由貿易區談判，並確定了合作大架構。三國在本年對於三方合作較為熱中，其中主要因素在於經濟全球化與區域整合變化的壓力；三國認為已有必要在此架構範圍內不斷討論合作事宜，並先擱置有可能引起爭議的敏感領域，就有可能相互開放的領域達成一致，然後再逐步將其範圍擴大。

　　不過，三國合作之間的政治信任度仍有待考，驗特別是中日的釣魚台主權爭端與中韓有關黃海執法爭議等議題，常常中止三方合作的進行。近期中日關係就因為日本釣魚台的國有化爭議，使雙方情勢緊張，讓外界認為經濟總量占全球五分之一的東亞三國建設自由貿易區進程將可能受到影響。2012年9月的APEC年會中，中國即因日本將釣魚台國有化之事，取消歷屆以來中日領導人的單獨會談慣例。目前來看，日本如未妥善處理購買釣魚台事件所引發的緊張情勢，勢必會影響原定本年內啟動的中日韓自由貿易區談判。

　　雖然如此，經歷國際金融危機後，在美國經濟依然疲軟、歐債危機蔓延的背景下，中日韓三國為首的東北亞經濟體在世界經濟新格局下仍將會更受到重視。由於東亞區域經貿發展包括貿易、經濟結構調整和貨幣金融等領域，故很難拋棄與全球及亞太地區的互動發展及其影響；同時，中日韓三國的利益交集也會推動整體東亞區域經濟整合的進展，進而加速東亞與亞太的連接。未來在各國競相簽訂FTA的氣勢下，東北亞三方的貿易合作只要刻意擱置外交齟齬、聚焦經貿未來，將只會前進不會後退。

參考書目

一、期刊論文

吳玲君（2012/4），「中國推動東北亞自由貿易區策略：機會與意願的研究途徑」，**遠景基金會季刊**，第13卷第2期，2012年4月，頁143-181。

陳柳欽（2008/1），「中韓日FTA建立的可能性與路徑選擇」，**當代韓國**，2008年春季號，頁35-46。

張蘊嶺（2003/3），〈中國—東盟自由貿易區的機遇和挑戰〉，**亞太經濟**，2003年第3期，頁2-4。

Chan, Sarah and Chun-Chien Kuo (Spring 2005), "Trilateral trade relations among China, Japan and South Korea: Challenges and prospects of regional economic integration," *East Asia,* Vol. 22, No. 1, pp. 33-50.

Chung, Jae Ho (2007/8), "China and Northeast Asia: A complex equation for 'Peaceful Rise'," *Politics,* Vol. 27, No. 3, pp. 156-164.

Pempel, T. J. (2007/11), "Northeast Asian economic integration: A region in flux," *Asia-Pacific Review,* Vol. 14, No. 2, pp. 45-61.

Solis, Mireya and Saori N. Katada (2007 Summer), "The Japan-Mexico FTA: A cross-regional step in the path towards Asian Regionalism," *Pacific Affairs,* Vol. 80, No. 2, pp. 279-391.

Yoshimatsu, Hidetaka (2006/11), "The politics of Japan's Free Trade Agreement," *Journal of Contemporary Asia,* Vol. 36, No. 4, p. 479.

二、專書論文

吳玲君（2009/12），〈日本FTA/EPA策略與東亞區域的整合〉，蔡增家主編，**東亞國際關係中的日本：邁向正常國家？**（台北：國立政治大學國際關係研究中心），頁2-24。

Kimura, Fukunari and Mitsuyo Ando (2008), "Economic obstacles to a Northeast Asian FTA," in Jehoon Park, T. J. Pempel, and Gérard Roland eds., *Political Economy of Northeast Asian*

Regionalism: Political Conflict and Economic Integration (Massachusetts: Edward Elgar Publishing Limited), pp. 67-99.

Lee, Seungjoo and Chung-in Moon (2008), "South Korea's regional economic cooperation policy: The evolution of an adaptive strategy," in Vinod K. Aggarwal ed., *Northeast Asia: Ripe for Integration?* (Springer-Verlag: Berlin Heidelberg), pp. 47-49.

Urata, Shujiro, 2007), "Japan's FTA strategy and Free Trade Area of Asia-Pacific," in Charles E. Morrison and Eduardo Pedrosa eds., *An APEC Trade Agenda?* (Singapore: Institute of Southeast Asian Studies), pp. 104-105.

三、網際網路

江睿智，「簽8個FTA達45締約國短短9年韓國奮起」，聯合報，2012年6月20日，<http://udn. com/NEWS/NATIONAL/NATS5/7168938.shtml>。

Ministry of Foreign Affairs of Japan, (2010/5/30), "Japan-China-ROK Trilateral Summit Memorandum on the establishment of the trilateral cooperation secretariat among the Governments of Japan, the People's Republic of China and the Republic of Korea," *Ministry of Foreign Affairs of Japan,* <http://www.mofa.go.jp/region/asia-paci/jck/summit1005/memorandum. html>.

Lee, Chang Jae (2008/10/7), *Characteristics and prospects for East Asian economic integration: A Korean perspective.* Published online: Springer Science+Business Media, LLC, Springer in its journal *Economic Change and Restructuring*, <http://ideas.repec.org/a/kap/ecopln/ v41y2008i4p331-344.html>.

Yoo Soh-jung (2009/10/13), "Korea, China, Japan agree to start joint study on FTA," *The Korea Herald,* <http://www.lexisnexis.com/us/lnacademic/results/docview/docview. do?docLinkInd=true&risb=21_T8070187151&format=GNBFI&sort=RELEVANCE&startDocN o=1&resultsUrlKey=29_T8070187160&cisb=22_T8070187159&treeMax=true&treeWidth=0&c si=158208&docNo=1>.

韓中FTA與韓國經貿發展

韓國推進全球FTA策略

全家霖

（韓國湖西大學教授）

摘要

　　韓國建立的自由貿易協定涵蓋的內容非常廣泛，締約範圍不僅包括廣泛的各種商品，而且擴展到服務領域、投資領域，政府採購、智慧財產權的。協商原則以兩級（Two level）戰略為基本。其中，兩級戰略代表遵守由關稅暨貿易總協定（GATT）與世界貿易組織（WTO）提出的為防止多邊貿易自由化阻礙的規定。即完全遵照GATT和WTO規定的各項條款進行運作，但是在實現全球貿易自由化的效果上，卻遠遠領先於WTO主導的進展。

　　韓國自由貿易協議（FTA）戰略動機可歸納以下幾點：第一，視為防禦和擴大貿易的措施之一；第二，有效利用外資的手段之一；第三，擴大出口市場、追求經濟規模效應；第四，促進國內經濟體制和結構改革的需要。最後，可以概括為增強或確保經濟的穩定性及可預測性，加強政治與戰略聯盟。

關鍵詞：FTA策略、全球化、SWOT分析、GATT

壹、前言

　　冷戰結束之後，全球化（globalization）與區域化（regionalization）
成為國際政治經濟領域最熱門的話題。[1] 其中，全球化從19世紀起至今，
歷經三個發展階段取得今天的成績。首先，是1820至1914年起源於英國的
工業革命與由德國、美國及日本等後發展國家參與完成的殖民地開拓階
段，這是以全球為目標推進自由化與全球化的開始。其次，二戰結束之後
至1970年代國際社會伴隨關稅暨貿易總協定（General Agreement on Tariffs
and Trade, GATT）體制推動的貿易自由化取得長足發展。[2] 第三階段，
1980年代到1990年代伴隨發展中國家（尤其是東亞地區）全面出口工業製
品，全球化再次迎來繁榮期。[3]

　　綜觀全球化的三個階段，第一階段圍繞主導工業革命的英國產生並發
展，具有伴隨關稅降低推動資源流動的特點；第二階段則透過貿易、直接
投資及金融資本的流動，將國際經濟提升到更高水準；第三階段，即1980
年代之後產生的全球化，可以說，它與過去有著顯著的區別，具體體現在
經濟落後國家首次利用本國豐富的勞動力，將工業製品出口到國際市場。

　　全球化是指，具有共同利益目的的國家為擴大貿易而利用貿易協定的
一種行為。這種行為自1960年代起發生在全球各地區。第二次世界大戰以

---

[1]　全家霖，「東北亞區域經濟合作與韓、中、日三國的利害關係」，《東西研究》，2004年
第16卷第1號，頁90。

[2]　參見，GATT第24條；Kenneth W. Dam, The GATT: Law and International Economic
Organization (Chicago: University of Chicago Press, 1970), p. 200.

[3]　Helen V. Milner, "Industries governments and regional trade blocs," in E. D. Mansfield and H. V.
Milner eds., *The Political Economy of Regionalism* (New York: Columbia University Press, 1997),
p. 1; Joseph M. Grieco, "Systemic source of variation in regional institutionalization in Western
Europe, East Asia, and the Americas," in E. D. Mansfield and H. V. Milner eds., *The Political
Economy of Regionalism* (New York: Columbia University Press, 1997), p. 164.

後，全球貿易體制雖然以GATT（WTO）為中心的多邊體制為基礎，但國家間的貿易協定卻一直存續至今。

一般情況下，部分國家因地區整合可創造貿易機會、吸引外商直接投資而意識到地區整合的必要性。在全球經濟中，地區貿易協定劇增始於1990年代中期。1990年代初的主要貿易協定，包括世界貿易組織（World Trade Organization, WTO）體制成立以前簽訂的北美自由貿易協定（North American Free Trade Area, NAFTA）與歐盟（European Union, EU），這兩項協定帶有濃厚的透過整合方式加強防禦的性質，但之後簽訂的協定基本上標榜促進自由化，說明其目的發生了改變，與原來有明顯差異。其具體體現在地區貿易協定中，雖然WTO成立後備案的大部分經濟合作體都標榜自由貿易協定（Free Trade Agreement, FTA），但具有關稅同盟性質的組織卻仍是少數。

本文包括前言和結語部分共由五個部分組成。在前言部分簡單說明了FTA的發展過程、特點及推進FTA的必要性。此外，透過分析伴隨外部環境變化而建立FTA的必要性及各地區主要FTA對象國家及其戰略，具體分析韓國的FTA戰略。事實上，韓國的FTA戰略根據時代背景與主要協商國家的不同，呈現出了不同的特點。本文為了便於分析，在韓國的FTA協商中，根據地區和國家對戰略進行歸納分類。同時，較著重介紹韓國推進的FTA效果極大化方案，及對特定產業的結構調整政策。在結語部分，分析韓國推進的FTA戰略的特點、預期效果及FTA戰略動機。

貳、外部環境的變化與推動FTA的必要性

對於韓國經濟的外部環境變化，本文將大體分成韓國外部經濟環境的變化與產業競爭力的變化進行說明。前者從構成外部經濟合作標準的出口、進口及投資層面討論其變化；後者則圍繞在韓國主要市場中的產業競

爭力及與主要競爭國家之間的關係變化進行討論。以此說明韓國外部經濟條件通過哪些因素與過程發生了變化，以及今後又將發生怎樣的變化。

　　1960年以後的韓國經濟通過出口實現了高速增長，進入21世紀後，出口的重要性依然不容忽視。1990年代上半期透過擴大內需，出口依賴度有所降低，但外匯危機以後，出口比重反而呈現出遞增趨勢。但是，以出口主導型產業結構為基礎的經濟對外依賴度的增加，無疑衍生韓國經濟易受外部變化影響的隱患。在外部環境不發生顯著變化的情況下，韓國出口依賴度有望維持在40%以上，經濟成果取決於出口業績的現象，在相當長時間內依然持續。

圖一：韓國的對外環境的變化及其FTA的必要性

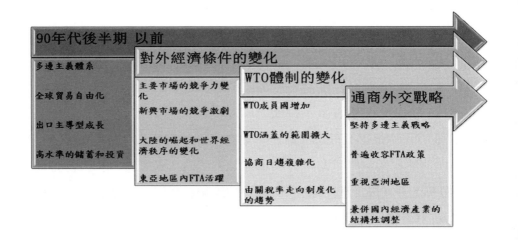

　　目前，韓國經濟對進出口的依賴度在二十國集團（G20）成員國中位居榜首。尤其，出口依賴度為美國的六倍，進口依賴度是巴西的4.5倍。[4]另外，據國際貨幣基金（International Monetary Fund, IMF）、國際結算

---

[4] 「韓國經濟進出口依賴度 G20中首位」，聯合新聞，2010年9月13日，<http://www.yonhapnews.co.kr/bulletin/2010/09/13/0200000000AKR20100913130600002.HTML>。

銀行（Bank for International Settlements, BIS）、經濟合作與發展組織
（Organization for Economic Cooperation and Development, OECD）、歐洲
央行（European Central Bank, ECB）、世界銀行、聯合國等主要國際機構
等共同編製的「G20主要經濟指標（PIG）」顯示，2009年韓國國內生產
總值（GDP）中，出口額所占比重高達43.4%。韓國借助強勢的製造業競
爭力，透過出口，實現驚人的經濟成長，這一點值得肯定，但另一方面在
全球經濟危機中的表現來看，對外界突發的環境劇變的應對能力極弱，非
常容易受影響。據統計，韓國自2002年出口額占GDP比重達33.7%以來，
2006年34.2%，2007年35.4%，2008年45.4%，幾乎每年都呈遞增趨勢。

　　另外，韓國由於缺乏自然資源，在進口方面的對外依賴度也較高。
2009年韓國出口依賴度達38.8%，位居G20成員國榜首，與第二的墨西哥
（28.1%）、第三的德國（28%），第四的南非共和國（25.4%）、第五的
加拿大（24.6%）等國相比，相差顯著。不僅如此，進口依賴度同出口依
賴度一樣，自2005年（30%）之後一直呈遞增趨勢（2006年32.5%、2007
年34%、2008年46.7%）。這表明，韓國強大的製造業優勢帶動了出口增
長，進而帶來了經濟增長效應，但從另一方面看，如果海外出現預料不到
的利空，韓國國內經濟有可能會快速崩潰。為此，最近韓國政府鑑於進出
口依賴度均超過40%，為避免韓國經濟完全附屬於全球化市場，宣布實施
透過發展服務業刺激內需市場的方案，但目前尚無明顯動態。

表一：2009年G20成員國的進出口比重

（單位：GDP對比，%）

排名	國家	出口比重	國家	進口比重
1	韓國	43.4	韓國	38.8
2	德國	33.6	墨西哥	28.1
3	墨西哥	26.2	德國	28.0
4	中國大陸	24.5	南非共和國	25.4
5	俄羅斯	24.4	加拿大	24.6
6	加拿大	23.4	沙烏地阿拉伯	24.3
7	印度	22.1	土耳其	22.9
8	南非共和國	21.7	英國	22.2
9	義大利	19.1	法國	20.9
10	阿根廷	18.2	中國大陸	20.5
11	法國	17.8	印度	19.8
12	土耳其	16.6	義大利	19.5
13	英國	16.3	印尼	17.2
14	澳大利亞	15.6	澳大利亞	16.6
15	歐盟地區	14.4	歐盟地區	14.0
16	印尼	12.8	阿根廷	13.5
17	日本	11.4	美國	11.4
18	巴西	9.7	日本	10.8
19	美國	7.5	巴西	8.5

資料來源：G20主要經濟指標（PIG），2009。

　　另外，進出口市場也發生了巨大變化，進出口集中地區由過去包括美國的NAFTA地區與歐洲、日本，轉變為包括中國的中華經濟圈。隨著1990年代與中國之間的經濟合作逐步擴大，東南亞國協（Association of

South East Asian Nations, ASEAN）經濟高度增長，韓國進出口結構發生了劇變。具體從2002年起對亞洲地區的進出口數量開始發生變化，2004年之後原來的進出口結構發生顛覆性重組，轉換為以中國和亞洲地區為中心。

　　自1990年代起，韓國的海外投資伴隨全球化發展，其增長勢頭超過了貿易增加速度。1980年代後期，隨著韓國國內生產成本提高，開拓海外市場的必要性增加，韓國的海外直接投資迎來新的繁榮期。到1990年代末，受外匯危機影響，海外投資出現暫時性停滯局面，但2000年起又開始迅速恢復。過去，韓國的海外投資件數以亞洲地區占絕對比重，但投資金額卻集中於NAFTA地區。但近期海外投資已開始集中於中國為首的亞洲地區。尤其，對中國的投資今後也可望持續擴大。

　　出口市場也發生了諸多變化。至2002年為止，韓國的主要市場一直是美國，但從1990年代後半期，韓國、中國及日本的30種主要出口產品在美國市場中的比重開始發生了質的變化。當時，韓國與日本對美國的出口比重逐漸減少，但中國對美國的出口比重卻大幅增加。即，中國產品在美國市場的競爭力逐步增強，而韓國商品整體競爭力則日趨減弱。同期，韓國在美國市場的競爭力與日本比，處於增加勢頭，但與中國相比卻呈現減弱趨勢。也就是說，在出口商品方面，韓國追逐日本的速度遠不及中國追逐韓國的速度。

　　這種類似現象也出現在日本市場。中國成為日本國內勞動集約型商品最大供應國，透過跨國企業向中國的積極投資，中國的生產技術得到顯著改善，於是，在日本市場出現了發達國家的高檔產品，與中國的中低價產品格局，在這種縫隙中，韓國的地位開始日趨萎縮。這種趨勢變化逐漸擴大到電器、電子等高附加價值產品。

圖二：韓國與中國大陸建交以來兩國貿易的演變

單位：百萬美金

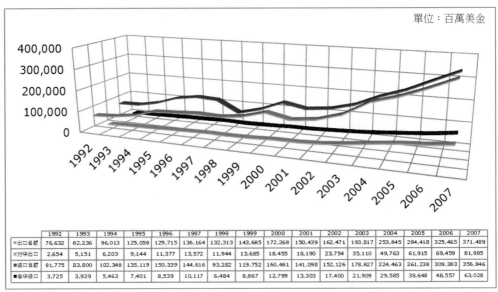

	1992	1993	1994	1995	1996	1997	1998	1999	2000	2001	2002	2003	2004	2005	2006	2007
出口總額	76,632	82,236	96,013	125,058	129,715	136,164	132,313	143,685	172,268	150,439	162,471	193,817	253,845	284,418	325,465	371,489
对华出口	2,654	5,151	6,203	9,144	11,377	13,572	11,944	13,685	18,455	18,190	23,754	35,110	49,763	61,915	69,459	81,985
進口總額	81,775	83,800	102,348	135,119	150,339	144,616	93,282	119,752	160,481	141,098	152,126	178,827	224,463	261,238	309,383	356,846
自华进口	3,725	3,929	5,463	7,401	8,539	10,117	6,484	8,867	12,799	13,303	17,400	21,909	29,585	38,648	48,557	63,028

資料來源：韓國銀行

　　然而，有趣的是在中國市場發生的變化。[5] 韓國對中國的出口正處於劇增趨勢。隨著韓國出口商品逐漸趨向高端化，與原來的競爭國台灣的差距也顯著縮小。尤其，從2004年起，韓國在中國市場的地位開始超過台灣。[6] 台灣是韓國在中國市場的主要競爭國家。包括進出口領域在內的投

---

[5]　自1992年建交以來，韓國與中國大陸的關係已經走過了二十年路程。當時「韓中建交」，是繼1990年與蘇聯建交後，韓國「北方外交」的又一次里程碑式事件。1988年，盧泰愚總統上任後，積極推進改善與中國和蘇東的關係，進而維護半島和平穩定的「北方外交」政策。可以肯定的是，那時誰也沒料到，時隔二十年之後，韓國與中國的關係變得如此緊密，尤其是經濟、文化方面。韓中關係從建交初期定位的「友好合作關係」發展到1998年定位的「合作夥伴關係」，又到2003年升級為「全面合作夥伴關係」，2008年李明博首次訪華時，韓中關係被定位為「戰略合作夥伴關係」，然而，在韓中兩國面臨著來自周邊的挑戰（如2010年天安艦事件和延坪島事件）的時候，此稱號顯然名不副實。韓國與中國大陸間距離真正的「戰略合作夥伴關係」仍然任重道遠。

[6]　從2006年開始，韓國的人均GDP也超越台灣，<http://bit.ly/pn1w8L (IMF)>。

資領域，台灣的結構（Pattern）與韓國非常類似。但是，值得關注的是，台灣對中國的產業競爭力受兩岸政治關係影響程度較高，產業競爭力會隨兩岸關係的發展和變化發生巨大浮動。在全球經濟危機中出現的兩岸關係的改善，可以透過台灣的經濟增長率說明。2010年兩岸簽訂海峽兩岸「經濟合作架構協議」（Economic Cooperation Framework Agreement, ECFA）之後，台灣經濟增長率實現了二十四年來最高記錄10.8%。在全球經濟不景氣的情況下，台灣在2011年能實現4.6%的增長率，具有重要的意義。[7]

ASEAN市場屬於韓國的主要市場之一。至1990年代後期，韓國對ASEAN出口額明顯高於中國，但從2003年起中國開始超越韓國。[8] 中國透過出口低價商品擴大了在低收入國家的市場占有率。不僅如此，中國企業的投資勢頭也極具攻擊性。中國與ASEAN的FTA對中國在ASEAN市場擴大產業競爭力發揮了積極作用，這是不容置疑的。但是最近中國為了從戰略上確保原材料，在進軍東南亞的過程中，引發了新的政治、經濟、外交及軍事方面的糾紛與矛盾，這也是不容忽視的部分。

1990年代後半期，隨著外部經濟形勢及主要進出口市場環境發生顯著變化，韓國經濟也發生了質的變化。韓國經濟轉換（shift）為知識經濟，產業結構與出口商品構成也發生了新的變化。亞洲金融危機以後，在韓國經濟發展中形成的各種成長因素，開始發揮推動現階段韓國經濟向前發展的重要作用。

---

[7] 「台灣選擇了兩岸關係的穩定」，《中央日報》，2012年1月16日，頁34。
[8] 參見韓國貿易協會的相關統計資料，<http://www.kita.net/>。

圖三：韓國產業的機會與危機因素（SWOT分析）

・出口產業化經驗
・確保優秀的人力資源
・IT Infrastructure

・及時適應數碼環境
・利用龐大的中國市場
・東北亞經濟圈的形成

Strong　　Opportunity

Weakness　　Threat

・專利及原先技術水準較低
・傳統產業的競爭力下降
・僵硬的勞務市場不成熟的勞資關係
・成品、大量生產為主的產業結構

・發展中國家挑戰日趨激烈
・發達國家的技術創新速度日益加快
・跨國公司的全球市場的占有率增加
・中國的產業競爭力迅速增強

　　另外，韓國經濟積極利用了海外跨國企業加強市場控制力、發達國家加速技術創新、中國產業迅速確保競爭力、發展中國家在凶猛的挑戰威脅（threat）中急速轉向數字全球化時代、進軍龐大的中國市場、東北亞經濟圈崛起等機會（opportunity）因素。韓國在大量生產成品為主的產業結構與原創、基礎、高新技術不夠強的情況下，成功克服傳統產業出口競爭力日趨減弱，勞動市場缺乏靈活性及尖銳的勞資關係等弱點（weakness），積極利用出口產業化經驗，確保優秀人力資源，以建立資訊科技基礎設施等優勢（strong），才得以確保現階段的比較優勢。

　　1990年代末，亞洲發展模式因無法成熟應對全球化，加上地區國家之間的競爭，面臨貿易條件日趨惡化的危機。以出口為主的實體部門的發展與金融及服務產業的發展發生偏離，導致全球化進程出現問題。日本主張的雁行模式喪失了實用性，中國持續的發展，使21世紀的亞洲經濟結構發生新的變化。中國急速發展的工業化及擴大出口，將通貨緊縮效果蔓延至

東亞乃至全球，東亞國家的貿易條件面臨從未有過的惡劣局面。東亞國家
為消除通貨緊縮，鼓勵出口，開始依賴貨幣貶值（亞洲金融風暴），隨之
韓國對外經濟政策也迎來了新的局面。

表二：亞洲金融風暴與FTA效應

	亞洲金融風暴的影響	FTA的影響
經濟情況	國際化的壓力日趨增加 過時的經濟和社會體系	區域化加重 大陸的崛起 企業經營環境的日趨惡化
對應戰略	企業和金融結構的調整 積極培育資訊科技（IT）產業 引進外人直接投資（FDI）	開拓市場，擴大經貿領域 引進外人直接投資（FDI） 產業結構的調整 經濟改革
結果	財務結構的改善 改善及增加收益性 信息產業的發展	培育未來型產業（3D: DNA, Design, Digital） 經濟產業結構的優化 東北亞的樞紐（Hub）

中國的崛起帶來一定負面影響的同時，也對擴大向中國出口的機會發
揮積極作用。毋庸置疑，在這個時期，以中國為中心的東亞或全球經濟
結構得到重組。這種變化急速擴散到了對東亞FTA的關注。隨著ASEAN
與中國FTA的實現，透過貿易創造效應與貿易轉移效應，區域貿易有所增
加，但對區域外國家的出口卻產生了消極作用，周邊國家（區域外國家）
不得不對FTA採取積極立場。

1990年代後期，國際貿易秩序呈現出多邊主義與地區主義共存的特
點，加上東亞地區的產業分工高度化，對實施出口主導型工業化戰略的韓
國而言，修改對外經濟政策在所難免。即，隨著1990年代後期出現的多邊
主義體制與世界貿易自由化趨勢，對外經濟條件的變化導致韓國的貿易戰

略也隨之發生了變化。另外，這種環境表現為，韓國積極推進多邊主義、接受FTA政策、重視亞洲戰略、調整國內產業結構。

此外，除了透過FTA獲得經濟利益（擴大出口、擴大經濟領域等）以外，韓國政府透過對產業實施大幅結構調整（產業高級化、培育未來產業、工業及經濟制度先進化等），以及吸引投資以推進政治外交利益多元化，有助於實現朝鮮半島的穩定，並減少不確定性達成共識。

參、關於韓國的FTA

韓國需要建立FTA的目標國家大體分為三類。首先，與墨西哥、新加坡等追求全球化與自由化的國家，正在從市場防禦角度推進FTA。其次，認為日本、中國等周邊國家屬於可以縮減交易費用的國家，因而從產業及經濟結構調整的角度進行評價。最後，對於美國和EU，認為在戰略角度上透過確保穩定的市場與規模經濟效應（scale of economy），以有效對抗與其他國家的FTA。

表三：韓國與主要FTA簽署國間交易總額

單位：美金

	美國	EU	ASEAN
2010年	902億	922億	973億

資料來源：韓國外交通商部、韓國貿易協會。

韓國的通商外交戰略根據外部經濟環境的變化，正在構思多元化貿易戰略FTA，其目的在於，調整經濟產業結構及改善體制。即，從彌補多邊主義存在的問題的角度，容納地區主義傾向，透過擴大貿易及引進投資，顯著改善經濟，透過整合未來具有巨大發展潛力的東北亞地區的經濟，防

止重複投資及過度競爭，最終實現產業分工。 當然，也包括了對政治安全層面的考慮。

表四：韓國的FTA締結國別優先評價度

		日本	大陸	新加坡	泰國	馬來西亞	印尼	菲律賓	美國	墨西哥
出口可能性	市場估計	大	大	中	中	中	中	小	大	中
	競爭及互補性	小	中	中	中	中	中	中	大	小
	擴大出口的可能	小	小	中	小	小	小	小	小	大
引進FDI		大	大	小	小	小	小	小	大	小
貿易壁壘	運送費因素	大	大	大	中	中	小	小	中	大
	其他壁壘	中	大	小	小	中	中	中	小	小
	通商摩擦	中	大	小	小	小	小	小	大	小
實際可能性	企業關心度	小	大	小	小	小	小	小	大	大
	脆弱產業	中	小	大	小	小	小	小	小	中
	對象國的關心度	大	中	大	中	小	小	小	中	大
其他	政治因素	大	大	中	中	中	中	中	大	小
	結構調整效果	大	大	中	中	中	中	中	小	小
總體評估		大	大	中	小	小	小	小	大	大

資料來源：韓國貿易協會，2004。

　　在FTA協商和簽訂問題上，韓國根據對經濟及非經濟因素的評估，設定優先順序。[9] 其因素主要包括市場規模、競爭關係、戰略地位、引進直接投資的可能性、政治安全影響力及貿易摩擦等，此外，還包括企業的關注程度、弱勢產業領域的對抗及對方國家的關注程度等。2000年代初期，韓國曾將日本、中國、美國、墨西哥、新加坡設定為優先考慮的FTA

---

[9] Eun-Heang Cho and Jae-Han Lee，「韓國政府推進的FTA之國際政治經濟：以政策決定過程為中心」，社會科學研究，第14卷第1號（2007年），頁177-178。

對象。然而，由於當時韓國國內弱勢產業領域對核心爭論焦點的反對，中國與美國（主要是農產品）及日本（主要是製造業）在優先順序中被排擠在外。下面就韓國、日本、中國，以及代表中日韓三國的FTA進行簡單論述。

表五：中日韓三國的FTA簽訂國數

韓國	美國，EU（27國），智利，ASEAN（10國），EFTA（4國），新加坡，秘魯，印度
中國大陸	香港，澳門，ASEAN（10國），智利，新加坡，秘魯，巴基斯坦，紐西蘭，哥斯大黎加
日本	新加坡，墨西哥，ASEAN（10國），馬來西亞，智利，泰國，印尼，汶萊，菲律賓，瑞士，秘魯，印度，越南

資料來源：韓國外交通商部，2012。

首先，關於韓國與日本的FTA，討論的核心問題是韓國對日貿易收支赤字過高。韓國從1990年代起試圖透過進口多邊化制度，降低零部件、中間材料及機械裝置等商品從日本進口的依賴度，但結果卻不盡如人意。同時，還考慮推出相關政策扭轉從1990年代起日對韓投資逐漸減少的局面，但1990年代末因兩國的經濟不景氣，未達成預期目標。另外，考慮中國日益崛起，日本難免擔憂喪失自己在東亞地區的主導權，於是試圖與韓國攜手，挽回其主導權，但是，由於日本國內政治不穩定，推進政策的動力不足，韓日兩國之間的FTA協商沒有取得顯著進展。

圖四：韓中日三國的FTA效應和貿易中的比重比較

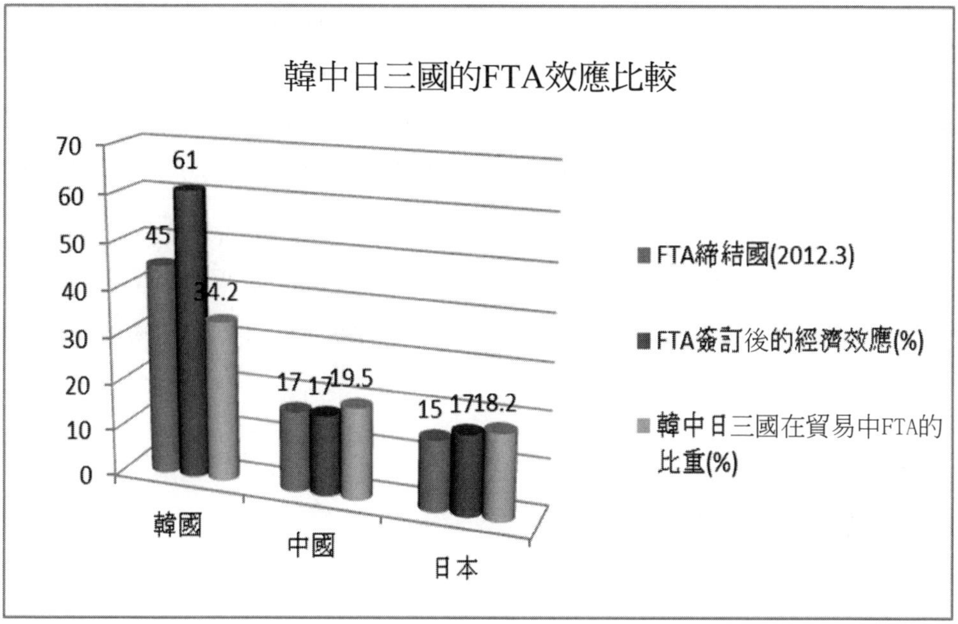

韓中日三國的FTA效應比較

FTA締結國(2012.3)

FTA簽訂後的經濟效應(%)

韓中日三國在貿易中FTA的比重(%)

資料來源：韓國外交通商部、韓國貿易協會，2012。

　　其次，關於中國與韓國的FTA，面臨的最大課題是，韓國對華貿易持續實現貿易順差，兩國間的貿易摩擦不斷增大。尤其是，農業作為兩國貿易的重要問題，與數量相比，其品質更是成為焦點，聚焦於食品安全性問題。從2003年起，中國要求與韓國簽訂FTA，但由於韓國國內對農業部門施加的壓力較大，兩國FTA的協商進度嚴重受阻。在簽訂FTA方面，與政府層面相比，民間立場和態度更勝一籌，但由於兩國經濟規模的非對稱性、制度差異及透明性等問題，沒有獲得顯著進展。但是，兩國間FTA的預期效果要高於與日本的FTA。因此，中韓FTA的前景依然比較樂觀。[10]

　　最後，關於中日韓三國簽訂FTA的問題，自1980年代起，中日韓三國

[10] Hyo-yong Lee，「韓國的同時多發式FTA推進戰略」，社會科學論叢，第30卷第1號（2011年），頁223-228。

已經意識到簽訂三國FTA的必要性，但卻遲遲沒能取得實質性的進展和成果。究其原因，這與各國的積極性有關，同時也說明三國間交易規模還未達到一定水準。尤其是與NAFTA地區內交易比重達40%，EU高達60%相比，中日韓三國交易比重還不到20%。這說明，增進三國間共同利益的基本條件還不成熟。此外，歷史與領土及區域內主導權等政治外交問題的長期存在，也成為一項阻礙因素。除非建立相互信賴關係和明確的制度，否則三國簽訂FTA的問題，將成為漫漫長途或停留在極低的水準。因此，部分專家指出三國簽訂FTA以前，中韓兩國先簽訂FTA會帶來更多實效利益，也不無道理。

肆、韓國的FTA戰略

　　如前所述，進入21世紀以來，韓國隨著外部經濟環境發生變化，對於FTA戰略的政策方向，由過去的保守、被動轉換為積極、主動。韓國的FTA戰略具有按優先設定的國家順序逐一推進的特點。[11] 這是為了透過戰略貿易國家智利、新加坡、墨西哥等國家積極開拓周邊市場，已達到對外宣傳韓國經濟自由化水準的目的。另外，與包括中國在內的東亞國家、美國、歐洲等國家的FTA戰略，主要是為了透過實現貿易創造與促進產業及經濟結構調整，引進投資等，以改善韓國的增長潛力。因此，與同時實現多邊FTA協商策略相比，韓國鑑於外交貿易的能力，選擇了與容易協商的貿易戰略國家建立FTA，並按順序推進，對於與美國、歐洲及日本等國家的FTA，則從長期角度進行協商。在此值得注意的是，韓國試圖在與美國、歐洲簽訂FTA時，主要考慮農業及服務產業的生產效率，並以此應用在與中國及日本簽訂FTA。筆者認為，中日韓三國的FTA要以與中國的雙

---

[11] 韓國經濟研究院（KERI），「韓、中FTA：為國益極大化的協商戰略」，研討會資料，2012年1月26日。

邊協商為前提，因為中韓FTA效果要大於韓日FTA效果。

　　韓國透過建立與交易夥伴的緊密合作關係，不僅可以確保其出口市場，避開其他區域合作體的排斥性待遇，而且如果潛在的夥伴國是其他FTA成員國的話，還會使得韓國產品更方便進入市場，實現出口戰略多樣化。

　　與降低關稅相比，韓國的FTA更注重取消非關稅壁壘及加強資源流動的靈活性。據韓國有關部門調查結果顯示，中日韓三國的FTA即將帶來的宏觀經濟效果中，取消關稅或非關稅帶來的效果要大於降低關稅帶來的效果。最近，韓國在推進FTA戰略過程中，主張最大限度容納多邊主義，盡量減少對敏感產業的討論，並積極擴大開放範圍的目的也在此。

　　韓國在推進FTA過程中，為了減少社會成本，面臨制定和修改相關法律的課題。由於韓國國內對敏感部分的抵觸情緒較大，為盡量減少社會成本，韓國政府計畫早期制定「FTA推進法」。

　　另外，在實現FTA效果極大化方案中，韓國也表現得非常積極。韓國為實現FTA效果極大化，將為改善外商投資環境而調整政策設定為首要課題。[12] 韓國政府將重點放在加強產業結構高級化與加強競爭力、吸引符合制度先進化的外資、吸引對製造業材料與部件的直接投資等，對物流、金融、資訊服務業的投資也表現出非常積極的態度。另外，對稅收結構及經濟產業的鼓勵制度（法人稅率、對非居住者的紅利收入徵稅、財產稅等）也處於正在改善的狀態。為引進投資的一攬子服務，正在研究設立負責政策開發的政府獨立機構。

---

[12] Sang-hee Jeong, Ki-sik Hwang and Hyun-jung Kim, The Convergence of Korea, China, Japan's FTA Strategies，貿易學術誌，第33卷第5號（2008年），頁68。

表六：韓國的FTA戰略之特徵及其動機

韓國FTA戰略的特徵	韓國FTA戰略的動機
■選擇FTA對象上： ・採取「選擇及集中」的原則 ■推進FTA方式上： ・針對通商戰略國，採取「由易到難」的原則 ・針對主要貿易對象（如美國，中國等貿易大國），採取「由難到易，謹慎推進」的原則 ■建立FTA內容上： ・「高水準，兩條腿走路」的原則，遵照GATT與WTO規定 ・消除非關稅壁壘，資源移動的順溜	■將FTA戰略視為一種防禦與貿易擴展措施 ■通過FTA戰略更好的利用外資 ■擴大出口市場（經濟領土），追求經濟規模效應 ■促進國內產業及經濟結構改革的需要 ■增強經濟的穩定性，加強政治與戰略的同盟 ■確保可持續發展的動力 ■謀求區域內穩定的安全環境（和平是發展的前提，發展是和平的保障）

　　韓國已與全球最大的市場美國及歐洲簽訂FTA，並將東亞地區視為FTA戰略的下一個目標。與能夠確保韓國未來發展的中國簽訂FTA又是重中之重，於是中國成為韓國簽訂FTA的優先對象國家之一。韓國將中國視為從戰略上進軍東亞地區的橋頭堡。也就是說，韓國將中國與ASEAN市場視為同一個戰略對象。這對視中國與ASEAN為主要貿易對象的台灣與日本給予了重要啟示。最近，日本與台灣的FTA步伐加速，態度積極，與此也不無關係。

　　最後，韓國在推進FTA過程中，對弱勢產業的結構調整大體分為以下兩部分：一是推進產業結構高級化，二是調整農水產業的結構。農水產業被評為敏感部門，也是韓國推進FTA過程中最大的阻礙。

　　韓國為推進製造業的結構高級化，選定戰略產品後集中培育。鑑於經濟波及效果、發展潛力、進入國際市場的可能性、確保競爭力等因素，積極探索協調傳統產業與未來產業的方案。[13] 另外，為設定和培育中長期產

---

[13] 在許多方面，韓國的FTA戰略被決策者作為實現國內改革與經濟及產業結構調整的一種手段。

業目標，正致力於提高國內主要戰略產業的技術競爭力。此外，正在同時推進國內企業之間的部件產業開發與合作、向海外的直接投資，為加強開發原創技術的研發活動，正在摸索政府層面的支持政策。尤其，為結合資訊科技產業與製造業的政策方案加大力度，為此，已經完成了對支援新加坡企業進軍海外的支援機構——貿易開發委員會（Trade Development Board, TDB）與IC Singapore專案的標竿管理。

　　另外，為了對視為敏感部門的農業進行結構調整，韓國政府透過選擇和集中，致力於對農業部門的結構調整。具體劃分市場優勢品種與劣勢品種，透過推進農產品與水產品的流通與物流、市場開拓、技術開發、生產調整等，致力於提高農業生產效率。最近，還積極探索支持高齡農戶退休、破產農戶讓位，擁有農田等相關制度的完善。此外，為了加強農產品和水產品的穩定性及品質競爭力，引入粗放型經營農業的方法，積極引導農業轉向環保、可持續發展的農業。

伍、結語

　　隨著經濟全球化的發展，國際貿易競爭日趨激烈。長期奉行「貿易立國」的韓國對外依存度極高，東南亞金融危機之後，經濟持續低迷。為搶占世界市場，緩解能源危機，擴大地區影響，韓國大力推動自由貿易協議（FTA）戰略。與多國展開FTA協商（或談判）爭做世界貿易大國，設立專門機構，完善配套政策，使FTA走向制度化。

　　韓國所採取的這些制度和政策調整，為適應本國FTA發展戰略、應對貿易自由化對競爭弱勢產業產生的衝擊而建立。本文通過對其制度和政策內容的解析，發現該制度和政策具有援助及輔助範圍全面、發展目標明確、貿易調整措施多元化、操作方式靈活及運行制度規範等特點。在實施效果的評價上，發現該制度和政策雖然對企業以及產業的援助及輔助效

果，不僅明顯，但是對有些產業（尤其脆弱性產業）等的援助力度突出，它對於提高韓國的產業競爭力、平穩實現產業結構升級、保障國民經濟穩定及持續發展，發揮重要作用。

　　韓國的經濟產業結構屬於出口主導的開放型，擴大市場與增加出口是發展韓國經濟的重要因素。隨之，韓國的FTA戰略具有循序漸進、全面展開的特點。[14] 協商性質具有由易到難，謹慎推進的特點。但是，對於存在貿易規模與制度差異的國家，透過按照由難到易的推進方式協商，務求謹慎。此外，韓國在FTA協商中，強調的協商水準是高標準的。[15] 韓國建立的自由貿易協議涵蓋的內容非常廣泛，締約範圍不僅包括廣泛的各種商品，而且擴展到服務領域、投資領域、政府採購、智慧財產權等。協商原則以兩級（Two level）戰略為基本。其中，兩級戰略代表遵守由GATT與WTO提出的為防止多邊貿易自由化阻礙的規定。即完全遵照GATT和WTO規定的各項條款進行運作，但是在實現全球貿易自由化的效果上，卻遠遠領先於WTO主導的進展。

　　綜上所述，韓國FTA戰略動機可歸納為以下幾點：第一，視為防禦和擴大貿易的措施之一；第二，有效利用外資的手段之一；第三，擴大出口市場、追求經濟規模效應；第四，促進國內經濟體制和結構改革的需要。最後，可以概括為增強或確保經濟的穩定性及可預測性，加強政治與戰略聯盟。[16]

---

[14] Myong-ho Kim and Hwan-kyu Kim，「隨著國際貿易秩序的變化中韓國的FTA協商戰略」，韓國Business Review, 第1卷第1號（2008年），頁21-37。

[15] 在實施FTA戰略過程中，韓國政府一直按照其在2003年制定的FTA戰略，採取高水準同步推進模式。

[16] 全家霖，「東北亞區域合作共同體（FTA）的形成與區域安全：韓、中、日三國的利害關係為中心」，2003年現代中國學會下半期定期學術大會的論文，韓國成均館大學現代中國研究所，頁64。

參考書目

一、中文部分

「韓國經濟進出口依賴度G20中首位」，聯合新聞，2010年9月13日，<http://www.yonhapnews. co.kr/bulletin/2010/09/13/0200000000AKR20100913130600002.HTML>。

「台灣選擇了兩岸關係的穩定」，中央日報，2012年1月16日，頁34。

Eun-Heang Cho and Jae-Han Lee，「韓國政府推進的FTA之國際政治經濟：以政策決定過程為中心」，社會科學研究，第14卷第1號（2007年），頁177-178。

Hyo-yong Lee，「韓國的同時多發式FTA推進戰略」，社會科學論叢，第30卷第1號（2011年），頁223-228。

Myong-ho Kim and Hwan-kyu Kim，「隨著國際貿易秩序的變化中韓國的FTA協商戰略」，韓國Business Review，第1卷第1號（2008年），頁21-37。

Sang-hee Jeong, Ki-sik Hwang and Hyun-jung Kim, "The Convergence of Korea, China, Japan's FTA Strategies"，貿易學術誌，第33卷第5號（2008年），頁68。

全家霖，「東北亞區域合作共同體（FTA）的形成與區域安全：韓、中、日三國的利害關係為中心」，2003年現代中國學會下半期定期學術大會的論文，韓國成均館大學現代中國研究所。

全家霖，「東北亞區域經濟合作與韓、中、日三國的利害關係」，東西研究，第16卷第1號（2004年）。

國際貨幣基金組織，<http://bit.ly/pn1w8L (IMF)>。

韓國經濟研究院(KERI)，「韓、中FTA：為國益極大化的協商戰略」，研討會資料，2012年1月26日。

韓國貿易協會，<http://www.kita.net/>。

二、英文部分

Dam, Kenneth W. (1970), *The GATT: Law and International Economic Organization* (Chicago:

University of Chicago Press).

Grieco, Joseph M. (1997), "Systemic source of variation in regional institutionalization in Western Europe, East Asia, and the Americas," in E. D. Mansfield and H. V. Milner eds., *The Political Economy of Regionalism* (New York: Columbia University Press).

Milner, Helen V. (1997), "Industries governments and regional trade blocs," in E. D. Mansfield and H. V. Milner eds., *The Political Economy of Regionalism* (New York: Columbia University Press).

韓中FTA的意義和課題

康埈榮

（韓國外國語大學中國學系主任教授）

鄭煥禹

（國際貿易研究院研究委員）

摘要

　　關於中韓自由貿易協議（FTA）的民間聯合研究始於2005年，而直到2012年5月兩國才開啟正式會談，這一過程時隔七年之久。這七年的時間告訴我們兩個事實。其一，籌備時間長達七年，這意味著中韓兩國對FTA持有謹慎態度，壓力不小；其二，雖然籌備期歷經七年之久，但最終還是決定開啟談判，這意味著中韓兩國增強經濟合作已成為不可避免的趨勢。

　　韓國大體上以全世界主要市場為對象簽訂水準高、範圍廣、採用一攬子解決方式的FTA。反之，中國主要推進的是水準低、漸進式的多階段型FTA。兩國間的差距相去甚遠。

　　中韓FTA雖然困難重重，但重要的是對內形成共鳴，即應該認識到這將成為中韓兩國作為東亞地區的貿易中心國家，透過加強區域合作，發揮發展潛力的契機。當然，在農業或水產業等無法避免遭受損失的領域，應積極向中國方面要求協助，政府的補救政策也應妥善準備好。

關鍵詞：中韓FTA、WTO、經濟整合、CEPA

壹、前言

　　關於中韓自由貿易協議（FTA）的民間聯合研究始於2005年，而直到2012年5月兩國才開啟正式會談，這一過程時隔七年之久。這七年的時間告訴我們兩個事實。其一，籌備時間長達七年，這意味著中韓兩國對FTA持有謹慎態度，壓力不小；其二，雖然籌備期歷經七年之久，但最終還是決定開啟談判，這意味著中韓兩國增強經濟合作已成為不可避免的趨勢。這種謹慎和不可避免性是中韓FTA的基本特點，需要我們來解決這一課題。

　　本文將圍繞東亞經濟整合的不可避免性，探尋中韓FTA的意義，並將以兩國在實現這一意義的過程中可能會出現的爭論和解決課題進行論述。根據這一研究目的，本文分為六個部分。第一部分為前言；在第二部分將考察過去二十多年來中韓經濟關係的成果和局限性，指出中韓FTA的不可避免性；第三部分將在第二部分的延長線上提示中韓FTA的意義和課題；在第四、五部分將考察兩國FTA戰略以及可能會出現的爭論點。最後將提出中韓FTA的展望和意義。

貳、中韓經濟關係的發展和局限性

　　中韓兩國於1992年正式建交，此後的二十多年來，中國成為韓國第一大交易夥伴國，而韓國也成為中國第三大交易夥伴國（第一是日本，第二是美國）。2011年，中國成為韓國第一大交易夥伴國，同時也是第一大出口國以及第一大投資國（包括香港）。目前，韓國成為中國的第三大交易夥伴國（第二大進口國）以及第四大投資國。之前，中國對韓國的投資一直處於較低水準，而最近則呈現出投資規模日趨擴大的趨勢。

圖一：韓國出口額中主要國家的比重變化

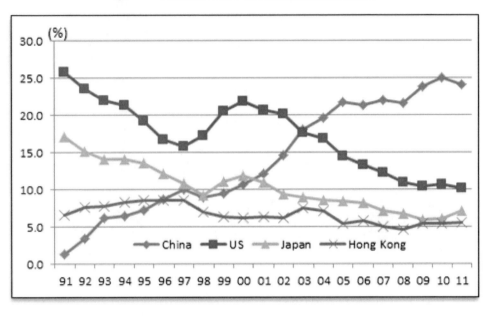

　　按時間段來看，自中國實行改革開放政策以來，尤其是在1990年代擴大開放，以及2001年加入世界貿易組織（WTO）之後，東亞及世界經濟秩序以中國為中心進行了重組，而中韓兩國間的經濟關係，是這一秩序重組的重要組成部分，而且得到了擴大和深化。改革開放以來，東亞的工業國家將中國視為加工生產基地，加大了對中國的出口。在這一過程中，中國對美國和歐盟等發達國家和地區大幅增加出口，由此形成了覆蓋東亞工業國家—中國—發達國家市場的國際分工結構。在此過程中，韓國突破了針對出口驅動政策戰略的成本上升壓力，而中國則在解決資金不足和就業壓力的同時將其利用為發展動力。

圖二：以中國為中心的東亞─世界分工結構

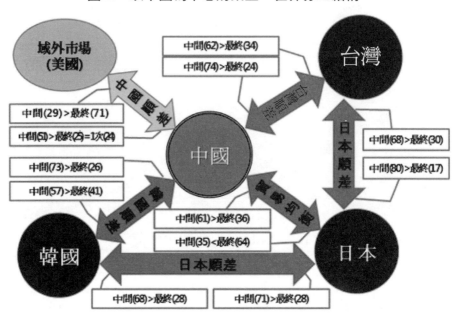

資料來源：kita.net（中國海關統計）2011年※分流標準：UN BEC Code。
　　＊日本─台灣統計來源是日本經濟廳，韓國─日本統計來源是韓國關稅務統計。
　　＊＊（）指出口中的比重。

　　一方面，從韓國等主要國家最近對中國的投資動向來看，中國經濟的高度化、提高內需市場的重要性、改善貿易環境的重要性得到進一步認證。2003至2007年間，主要國家對中國的投資呈下降趨勢。與此相反，以2005年為起點，香港對內地的投資呈現出劇增趨勢（請參見圖三）。出現這一情況的原因在於，隨著更緊密經濟夥伴協議（CEPA）擴大開放，經過以服務業為主的香港的迂迴投資得到增加。

　　中韓經濟交流將迎來第三個高峰，我們可以將這種「悄然發生的巨大變化」視為能夠預示中韓經濟交流方向的風向標。換句話說，通過這種變化可以得知，圍繞著中韓兩國關係，以及以中國為中心的東亞地區經濟關係正在發生兩種變化。第一，中國的產業及市場結構的高度化。其原因

是，香港是中國大陸第一大投資地區，而中國大陸是香港第一大服務投資地區；第二，針對中國的經濟交流中，貿易環境現已成為最重要的課題，這具有更為重要的意義。以2005年為分水嶺，香港在對內地的投資中所占的比例，呈現出由下降再急遽反彈的趨勢，其原因在於內地的投資環境得到很大改善。換句話說，隨著內地和香港簽署CEPA，內地全面向香港開放服務市場。

圖三：主要國家對中國直接投資比重趨勢

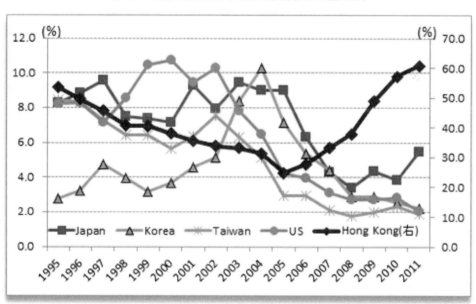

說明：上圖中，△表示對香港投資比重。

圖四：韓國對中國大陸與對香港的投資變化

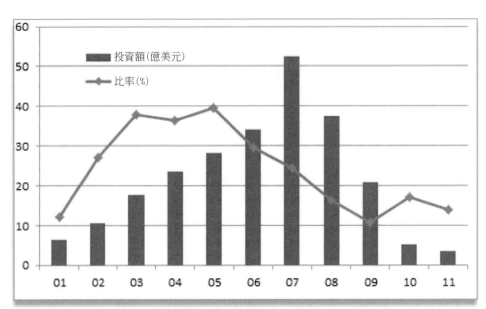

　　雖然，中韓兩國間的貿易投資取得豐碩成果，但通過人為方式或政策誘導和促進，這種自然經濟關係發展的貿易領域的合作，與上述貿易、投資的自然擴大和深化相比，依然比較落後。當然在此期間積累了豐富經驗並做出了很多努力，但成果卻不盡如人意。換句話說，中韓兩國尚未做到完全消除市場壁壘，未能建立無差別待遇（國民待遇）制度。消除技術貿易壁壘（TBT）、衛生與植物衛生措施（SPS）等非關稅壁壘（NTB）是當務之急，但總是顯得舉步維艱。中韓兩國為了促進貿易、保護投資人而簽訂了「中韓投資保障協定」（2007年9月修訂）、「中韓日投資保障協定」（2012年4月草簽）等，但這些協定尚未達到能夠支援韓國對中國進行巨額投資的合作體制的要求。雖然在產業合作領域也試圖開展聯合開發重型飛機、原子能合作和能源合作等各種合作，但其合作成果卻顯得微不足道。此外，中韓兩國還積極推進和加強自然經濟圈（「環渤海經濟

圈」、「黃海經濟圈」等）合作，但尚未取得實質性成果。

參、中韓FTA的意義和課題

中韓兩國經濟關係的發展和局限性，意味著中韓FTA的性質和意義。中韓FTA是韓國同本國第一大交易夥伴國的FTA。中韓FTA將成為決定韓國經濟再騰飛或經濟衰退的又一個試驗田。而且，中韓FTA是韓國同作為世界最大增長市場、第一大投資國、第一大出口國的中國攜手推進的FTA。對韓國而言，這將成為第一個攻擊性的FTA，也就是瞄向國外市場的FTA。因此，中韓FTA應該成為消除所有商業壁壘的契機，而不應該僅僅停留在單純擴大出口、消除關稅的程度。

但值得注意的是，中韓FTA將成為韓國第一個區域整合型FTA，這是中韓FTA最重要的特點。雖然FTA屬於典型的區域貿易協定（Regional Trade Agreement, RTA），但其並不是只能在地理距離較近的國家間實施的貿易制度。根據覆蓋範圍以及當事國之間的距離，FTA可分為遠距離國家間FTA和近距離（周邊國家、地區內）國家間FTA。簽署遠距離國家間FTA的目的是維護外交安全、確保地區交易據點、確保資源等。雖然與WTO成立（1995年）之前相比，遠距離國家間FTA呈下降趨勢，但目前依然占不少比重。雖然，遠距離國家間FTA在擴大全球性貿易、投資和網路方面有不少貢獻，但在通過擴大和深化區域國家間經濟整合來構建穩定而持續的合作體制方面，較有局限性。

反之，推進鄰國間（地區內）FTA的目的，往往是將地區經濟的整合作為目標或將其作為出發點。建立WTO體制之後，進一步擴大世界性的交易自由化這一舉措難以在短時間內收效的情況下，鄰國間FTA開始全面擴散，其與地區主義實現接軌，逐步成為FTA的大趨勢。尤其是在以地區內國家間的分工生產，和最終產品的國外銷售（美國、歐盟等）而著稱的

東亞地區，經過1997年和2008年的兩次金融危機之後，對於需要進行區域整合的共識急遽擴散。盡量在東亞地區內消費更多的本地產品，以降低對國外市場的依賴度，並消除世界市場的不平衡，這樣的需求和壓力在東亞國家的內部和外部均呈現出增大的趨勢。

雖然，這種FTA具有很多積極意義，但由於各國間存在經濟發展和體制上的差異，以及不同的歷史經驗，因此，它具有可能面臨談判陷入僵局或產生副作用的局限性。也正因為如此，儘管達成了共識，但與北美（北美自由貿易協定，NAFTA）和南美（南美共同市場，MERCOSUR）等地區相比，東亞國家對FTA等區域整合有意願的原因，在於區域差距和歷史經驗等因素。目前，世界各地積極推進區域整合，但包括韓國在內的東亞國家卻無動於衷，這就是區域整合型FTA的特點及其局限性。反過來說，這種局限性正是東亞經濟整合的現狀，同時也是中韓FTA的意義所在。

那麼，中韓FTA作為在東亞，尤其是東北亞地區的第一個FTA，其課題是什麼？

其課題有三個。第一個課題是在東亞地區構建先進的FTA模式。為了區域整合，應該推進包括所有地區內國家的多方經濟合作，但東亞國家缺乏這種向心力，這就是其特點及局限性。與歐盟（EU）、北美自由貿易區、南美共同市場、海灣合作委員會（GCC）等大多數區域整合型FTA不同，東亞地區尚無覆蓋整個地區的多方FTA。取而代之的是，如下圖所示，分別推進了雙邊與多邊FTA。目前，中日韓三國分別同東盟（ASEAN）以及印度推進FTA，與此同時，東北亞三國和東盟按照各自不同的戰略來構建FTA網絡。由此可見，在東亞地區構建最廣泛FTA網絡的東盟，對主導區域整合也顯得力不從心（參見圖五）。

圖五：亞洲地區的主要FTA網絡

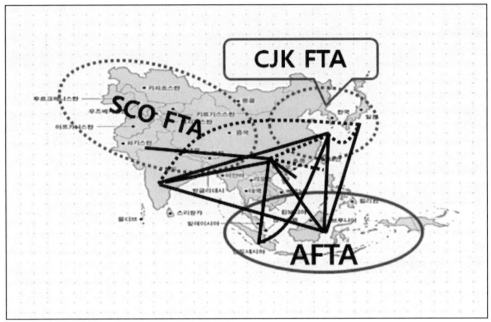

資料來源：由作者參考各種資料綜合內容。

　　在同一個地區內同時推進不同的FTA，很有可能會引發喪失經濟整合的推進力、地區內混亂和潛在矛盾等問題。因此，如果中韓FTA無法成為地區內其他FTA的典範，現有的複雜而分散的FTA將陷入更大的混亂。東亞地區不僅有中韓兩國，而且還有日本以及大中華區（香港、澳門、台灣）。在衡量這些國家和地區間的FTA推進方向的同時建立合作框架，才能避免日後可能會出現的地區內FTA的衝突。從這一點來看，中韓FTA應該成為覆蓋和引領東亞地區經濟整合的典範。

　　第二個課題是，應按照地區經濟整合的未來目標，長期、持續地推進下去。從世界性的趨勢，尤其是東亞的增長趨勢來看，區域整合勢在必行，但是地區經濟的整合需要長時間的不懈努力。東亞地區有著複雜的歷史和獨特的國家關係，而且國家之間的差距很大，尤其需要長時間的持續

努力。中韓FTA最終將成為走向經濟整合的出發點，但可能會面臨很多困難。FTA無法、也不能做到一步到位。只有在持續而強力的合作框架下推進談判，才能最大限度地體現FTA的意義。

　　第三個課題是，不僅在經濟，而且在外交安全方面也將成為非常重要的談判。由於區域整合型FTA在鄰國間開展，因此，對區域內的外交安全也會產生很大影響。尤其是中韓兩國間的區域整合型FTA，是世界唯一在冷戰敵對關係尚未消除的地區推進的FTA。不管是任何形式，中韓FTA都將對冷戰結構產生影響。從這一點來看，開啟談判的同時，中國積極認可國外加工，將對朝鮮半島和東北亞的共同繁榮與和平發揮非常積極的作用。

肆、中韓兩國的FTA戰略

一、中國：瞄準本國為中心整合區域經濟的FTA戰略

　　中國加入WTO以後開始全面推進的FTA，依次按照①中華圈→②東亞地區內非中華圈地區／國家→③其他非東亞地區的周邊地區／國家→④其他地區的順序推進。通過下圖，也可以看出這種FTA推進順序。可以說，中國推進FTA的目的在於，形成以本國為中心的區域經濟圈。

　　另外，中國還採取了非常多樣的FTA方式，例如FTA、EPA（CEPA）、FA（ECFA，經濟合作架構協議）等。中國推進各種FTA形式的最大原因在於，將FTA視為國家間談判的同時，試圖以非國家間協定處理其他協議（即拒絕承認台灣和香港、澳門為主權國家）。此外，中國推進各種FTA是因為，它有利於中國推進各種協定及相對寬鬆的協議。事實上，中國青睞於低階段、非覆蓋性FTA，同時傾向於採用漸進性、階段性的發展方式。例如，中國在大部分FTA中，簽訂不包括服務協定和投資協定的協定之後，再簽訂投資或服務協議，或依次推進補充開放談判。

二、韓國：東亞的FTA hub

　　韓國也根據本國的地理位置及經濟發展水準，相應地推進了FTA戰略。韓國的FTA戰略可以概括為，構建東亞乃至世界性FTA的樞紐。這種戰略在以下四個方向得到推進。第一是同時多發性FTA戰略，為了追趕早期推進FTA的國家，同時與多個國家推進FTA；第二是優先推進與巨大市場的FTA戰略。優先推進與歐盟、美國等巨大市場國家的FTA，並通過這種方法來引進先進的經濟體系，通過對內競爭來提高經濟效率；第三是追求高水準的FTA。即，在貿易、投資、服務、智慧財產權、競爭、政府調撥等所有領域形成WTO+水準的FTA，實現經濟效益的最大化；第四是構建公共—民營間合作體系。通過增進政府、研究機構、行業間的合作，致力於回饋與獲得國家層面的共識。

圖六：中國和韓國推進FTA現狀

分流	韓國	中國	中國後續協商
生效	智利（04.4） 新加坡（06.3） EFTA（06.9） ASEAN（07.6） 印度（10.1） EU（10.8） 美國（11.3）	CEPA（03.6,10） ASEAN（05.7）* 智利（06.10） 巴基斯坦（07.7） 新西蘭（08.10） 新加坡（09.1） 祕魯（10.1） 哥斯大黎加（11.8）	CEPA（04-10）8次服務業協商：15年完全開放目標 ASEAN 商品2次（09.8） 服務業（07.1,11.11） 巴基斯坦服務業（09.2） 新加坡FTA修改（包括服務業）（11.7） 智利投資（09.1）
協商	日本（03.11） 加拿大（05.7） 墨西哥（06.2）	SACU（04.6） GCC（05.5） 澳大利亞（05.6） 挪威（08.9） 愛爾蘭（08.9） ECFA（11.1） 瑞士（11.4）	

*中-ASEAN的FTA 生效日期：商品（05.7），服務業（07.7），投資（09.8）。

伍、中韓FTA的效果和預計出現的爭論點

　　眾所周知，中韓FTA的效果非常樂觀，很多研究報告都同意這一觀點。中韓FTA民間聯合研究結果顯示，韓國將收到國內生產總值（GDP）增長3.1%至3.2%，福利增長3.0%，出口總額增長5.4%至5.5%，總收入增長5.9%的效果；中國也將收到GDP增長0.6%，福利增長0.6%，出口總額增長3.7%至3.9%，總收入增長4.9%至5.0%的效果。在2012年2月進行的中韓FTA聽證會上，負責研究工作的對外經濟政策研究院（KIEP）根據減讓水準指出，中韓FTA生效之後，韓國的GDP將在五年內增長0.95%至1.25%，十年內增長2.28%至3.04%；福利將在五年內增長177億至233億美元，十年內增長276億至366億美元。

　　雖然在統計中未顯示，但最為重要的效果莫過於動態效果和FTA樞紐效果。首先，韓國的出口將得到增長，但並不局限於出口增長所帶來的對華貿易順差，而是隨著中韓兩國貿易量的增加，將出現啟動經濟的效果。這將有助於中韓兩國經濟的持續增長。其次是擴大投資的效果。韓國對中國的投資中，相當一部分將轉換為韓國國內投資。而試圖進軍中國市場的美國、日本、歐盟等國家和地區的企業，也會將韓國作為生產基地和研發基地。最後，試圖走向世界市場，尤其是準備向已開發國家市場出口的中國企業也會將韓國作為生產基地加以利用。

　　另一個重要效果是：東亞分工秩序的重組。如果簽署中韓FTA，韓國將搖身一變成為高附加值產品的研發基地和公司總部（Head Quarter）的中心地。尤其是透過將位於中韓兩國之間的朝鮮，作為國外加工生產基地的條款來引導朝鮮實行開放政策，並將朝鮮加入到國際分工結構中。這對於東北亞地區的和平與安全具有深遠的意義。

圖七：中韓FTA的預期效果、談判戰略與國內對策

圖八：對中韓FTA的期待和擔憂

	韓國	中國
期待	● 出口擴大： 關稅撤廢、提高貿易便宜、貿易創出、轉換效果 ● 對中投資、當地Biz改善： 緩化投資限制、擴大服務業開放 ● 擴大外商投資、國內投資擴大 ● 改善和擴大東亞分業： 韓國提高、開放北韓（域外加工）	● 出口擴大 ● 對韓投資擴大：迂迴出口、開拓市場 ● 外商投資擴大 ● 建築「中國為中心經濟圈」（或地域統合主控權）
憂慮	● 改善損失：農水產、勞動集約製造業 ● 實質開始不足可：IPR、SPS、GP、TRIPs	● 預計損失：資訊科技（IT）、電子、石化、汽車、鋼鐵等 ● 市場開放要求和國內制度之間不一致

　　當然，伴隨著期待，也有很多擔憂和爭論點。與別的區域整合型FTA不同，中韓兩國所屬的東北亞地區，其國家間的發展水準和制度，以及市場規模上的差距都非常大。因此，很多專家擔心，當兩國間實現互相開放市場時，兩國都將面臨非常嚴重的衝擊。

　　首先，在產品領域，韓國方面擔心在農水產業、纖維、有色金屬、某些一般機械領域遭受損失。反之，中國方面則擔憂汽車、IT、電子、石油化學、機械等韓國可能受益的品種。

　　在投資、服務、規範及制度領域，可能會產生更大的立場差異。首先，投資領域屬於兩國圍繞FTA的意見分歧，可能從根本上形成對立的領域。在FTA談判中，與投資相關的核心爭論焦點是投資自由化程度。一般而言，愈是發達國家型或者高水準的FTA，投資自由化水準的設定就會愈高。例如，韓國在與美國、與歐盟簽訂的FTA中同意，原則上對對方的投資即成立外國企業提供本國國民待遇，即對對方國家的投資除特殊情況以外，提供與國內企業投資相同的待遇。但是，之前一直簽訂低水準FTA的中國，都沒有將對投資提供本國國民待遇的條款納入任何FTA中。因此，在投資領域，兩國的立場幾乎正好相反。

　　同樣，在開放服務領域的問題上，韓國會優先選擇大幅度開放和一攬子解決方式。相反，中國採取的是不接受開放或者先接受開放一部分，然後逐步將其擴大的方式。尤其是，開放服務領域的問題，中國很可能會積極要求韓國擴大轉移自然人（勞動力），但韓國在開放勞動力的問題上不得不採取非常消極的立場。

　　最後，兩國在規範和制度領域的較大分歧也將阻礙談判的進展。

　　例如，中國正處於尚未加入WTO政府採購協定（GPA）的狀態，在現有的FTA中，也從未將與政府採購相關的條款寫進FTA。因此，協商第一步就舉步維艱，這也是不爭的事實。在智慧財產權領域，即使在原則上達成共識，但圍繞中國國內的具體規定和執行可能會產生許多分歧，需要

經過漫長的談判路程。在其他原產地規定、貿易救濟、技術貿易壁壘、衛生檢疫等多個領域也可能會產生較大意見分歧。

陸、展望與意義

即使有遠大的目標，各國都無法擺脫本國的FTA戰略與過去談判的經驗。截至目前，韓國大體上以全世界主要市場為對象簽訂水準高、範圍廣、採用一攬子解決方式的FTA。反之，中國主要推進的是水準低、漸進式的多階段型FTA。兩國間的差距相去甚遠。在這種情況下，中韓兩國最終要推進的FTA是需要引領東亞地區經濟整合的區域整合型FTA，究竟應該怎樣協調這兩點呢？

最重要的是，中韓FTA雖然困難重重，但重要的是對內形成共鳴，即應該認識到這將成為中韓兩國作為東亞地區的貿易中心國家，透過加強區域合作，發揮發展潛力的契機。當然，在農業或水產業等無法避免遭受損失的領域，應積極向中國方面要求協助，政府的補救政策也應妥善準備好。但是，需要堅信在大量入駐中國或競爭力差距並不大的領域，例如敏感度較差的領域，通過市場整合的發展促進效果（即動態效果）會更大。其後，需要明確認識通過FTA達成取消關稅和兩國投資及服務自由化時，過去將中國視為加工生產基地，且多少有些畸形的中韓兩國間分工結構將得到合理重組，會更進一步吸引中國企業的生產性投資。

其次，對外方面，為形成大中華圈對中韓FTA的意義和目標的認同，竭盡全力也很重要。韓國需要向中國明確提出，韓國作為促進更高層次的區域整合的FTA的對象的意義。中國從對香港、澳門、台灣等中華圈的提供特惠型FTA，到對智利、巴基斯坦、東盟、哥斯大黎加等國的低水準的FTA，運用了多種FTA談判戰略，甚至在某些問題上沒有一貫性的FTA談判戰略。既然如此，韓國只能說服中國選擇其可以選擇的最高水準的談判

方式。韓國具有說服中國的充分理由，因為韓國作為在東北亞地區唯一通過FTA連接龐大的先進市場的非大中華圈內的國家，幾乎是唯一能為構建中國未來所追求的區域經濟秩序提供更多機會的國家。

　　努力維持東亞FTA間的均衡也很重要。將焦點放在中韓FTA的最大特徵是區域整合型FTA這一點時，兩國應注意維持中韓FTA和地區內其他FTA的均衡，並努力發揮先導作用。在東亞地區，有中國—澳大利亞FTA、中國—紐西蘭FTA、中國—台灣FTA、中國—香港FTA和已經簽署或正在推進中的韓日及中日韓FTA等。即將在東亞兩個核心國家之間進行談判的中韓FTA，不僅比任何東亞地區內的FTA更為重要，而且還應考慮促進區域市場整合。更進一步，應考慮引領東亞和平（從引導朝鮮成為開放性區域市場的角度出發）。

　　從區域整合型FTA的觀點來看，即將開啟中韓FTA談判的韓國政治經濟共同體在東亞區域整合過程中，面臨明確規畫韓國所要達到的地位和所要承擔的角色，精妙且具有持續性的談判戰略，以及對內／對外進行持續說服的重大課題。

韓國當前產業政策探討

吳家興

（工業技術研究院產業經濟與趨勢研究中心特約研究員）

摘要

　　韓國2011年平均每人所得達22,489美元，創歷史新高；對外貿易總額突破1兆美元，創歷史新高，世界排名第九。近年來，受全球金融風暴及歐債危機之衝擊，全球主要國家失業率飆高，而韓國失業率卻能維持在3%上下。本報告旨在探討韓國何以能創造這些佳績及對台灣之啟示。初步研判韓國能創造如此佳績，主要來自近十年多來產業政策之有效發揮。

　　由韓國近十年多來積極發展新成長動力產業、推動零組件與素材產業培育政策及服務業先進化方案等產業政策觀之，可發現不僅相關法令及計畫一脈相承，而且政策具有系統、持續性。特別是，近十年多來韓國雖歷經三次政黨輪替，但其推動產業政策的決心，並未改變或有所鬆弛，投入龐大的資金，對三大產業的發展提供強而有力的支援，使三大產業的政策效果已逐年展現出來。

　　相對我國而言，在過去十多年來亦推動不少產業政策及相關策略，發展新興產業，改善產業結構，但不少皆因政黨輪替或行政首長異動而使相關工作中止，不及韓國推動計畫之一脈相承，且政策具有系統、持續性，因此，其政策效果逐年顯現出來，再次展現「漢江奇蹟」，不僅經貿表現不斷創新高，而且國際地位也逐年攀升，韓國的作法值得我們借鏡。

關鍵詞：韓國、產業政策、新成長動力產業、零件及素材產業、服務業

壹、前言

　　韓國2011年平均每人所得達22,489美元，創歷史新高；對外貿易總額達1兆790億美元，首度突破1兆美元，創歷史新高，世界排名第九。韓國資訊科技（IT）產業快速發展，領先全球。近年來，受全球金融風暴及歐債危機之衝擊，全球主要國家失業率飆高，而韓國失業率卻能維持在3%上下。本報告旨在探討韓國何以能創造這些佳績。初步研判可歸因於其近十年來產業政策三大主軸之有效發揮。因此，本報告將依序探討韓國2000年代以來產業政策三大主軸之內容及其推動成果。最後提出結語及對台灣之啟示。

貳、當前產業政策三大主軸

　　韓國於1997至1998年遭受亞洲金融風暴之嚴重衝擊，股匯市大跌，經濟重挫，物價飆高，外匯準備不足，使韓國經濟陷入空前困境。所幸在國際貨幣基金（IMF）、世界銀行、亞洲開發銀行（ADB）等國際金融機構與世界主要國家提供緊急資金紓困583.5億美元，以及韓國政府落實執行四大經濟改革，韓國經濟終於脫胎換骨，經濟體質大幅提升，韓國再度崛起，並大步邁前，向世界第一挑戰。

　　2000年代以來，為因應國內外經濟環境之改變，韓國政府推動一系列的產業政策，以帶動經濟成長，改善產業結構，創造就業機會。當前產業政策之三大主軸，包括新成長動力政策，零組件與素材產業培育政策及服務業先進化方案。初步研判這三大產業政策已發揮成果，不僅促成產業結構之升級，帶來大量的就業機會，而且也在國際產業上奠定領先地位。

參、當前產業政策之主要內容、成果及未來發展方向

一、新成長動力政策

（一）新成長動力政策之規畫、推動及主要內容

　　韓國的新成長動力產業政策係於2008年9月由韓國「民間新成長動力企畫團」建議提出21個新成長動力，隨後於2009年1月經由「未來企畫委員會」之審議及篩選，確定基本計畫，提報「新成長動力願景與策略」。2009年5月中旬，經相關主管部會確定「新成長動力綜合推動策略」，隨後，李明博總統於2009年5月26日邀集產官學研界代表召開VIP「財政策略會議」，確定「新成長動力綜合行動計畫」，推動三大部門17項新成長動力產業（參見表一），包括四個套案（新成長動力細部行動計畫、技術策略地圖、人力培育綜合對策及中小企業支援方案）。2009年6月，韓國知識經濟部籌措新成長動力基金。2009年7月，韓國知識經濟部將新成長動力列為「綠色成長五年計畫」之三大策略中之一。

表一：韓國新成長動力綜合行動計畫

動力別　　　功能別	17項新成長動力細部行動計畫（Action Plan）		
	綠色技術產業	尖端整合產業	高附加價值服務業
技術策略地圖	新再生能源 低碳能源	廣播通訊整合產業 IT整合系統	健康照護 教育服務
人力培育綜合對策	高質化水處理 LED照明	機器人應用 新材料及奈米整合	綠色金融 數位內容、SW
中小企業支援方案	綠色運輸 尖端綠色都市	生物、醫療 高附加價值食品	會展產業（MICE）

資料來源：韓國知識經濟部，「新成長動力綜合行動計畫」，2009年9月。

　　在新成長動力細部行動計畫方面，確定了明星品牌（STAR Brand）商業化之200項政策課題，含括新成長動力別的研發（R&D）、財政事業、人力培育、早期開拓市場及基礎建設建造等。同時，推動按成長動力別（綠色技術產業、尖端整合產業、高附加價值服務業）客製化措施。即在綠色技術產業領域，斟酌屬於產業初期階段，以高風險基礎技術開發及早期開拓市場等為主，發掘79個應辦事項。在尖端整合產業領域，係透過製品、技術、市場的整合，以新產業化及示範事業等為主，發掘62個應辦事項。另高附加價值服務業領域，則在政府財政投入之同時，並以法規、制度之改善，吸引民間投資為主，發掘59個應辦事項。

　　新成長動力細部行動計畫詳細說明62個新成長動力產業明星品牌之當時發展概況、篩選原因、策略品目及發展策略。由韓國制定新成長動力細部行動計畫觀之，可說深具前瞻性，並別具企圖心，預計在未來五年內跨入先進大國。特別是在面對當時製造業與出口發展達到極限時，將全力發展服務業，希望藉由服務業，使韓國經濟的發展帶向另一高峰。因此，在這62個新成長動力產業明星品牌中，共納入17個高附加價值服務業明星品牌。

　　就新成長動力產業之綠色技術領域、尖端整合領域、高附加價值服務領域等三大領域主要產業觀之，綠色技術領域包括新再生能源（太陽能發電、風力發電及燃料電池等）、低碳能源（二氧化碳蒐集及儲存、核電整廠設備）、高質化水處理（Smart自來水友善環境替代用水）、LED應用（TV、汽車用、LED照明）、綠色運輸（電汽車等綠色車、WISE SHIP）及尖端綠色都市（U-City、ITS、GIS）等；尖端整合領域包括廣播通訊整合產業（3D TV、IP TV 次世代融合網路）、IT整合系統（智慧型汽車、系統半導體、次世代顯示器等）、機器人應用（產業用機器人、智慧型機器人、服務機器人）、新材材及奈米整合（十大核心素材及奈米整合素材）、生物製藥及醫療機器（生物醫藥及臟器、生物化學及醫療

機器）及高附加價值食品（機能型食品及傳統食品）等；高附加價值服務領域包括全球健康照護（U-health、吸引海外病患等）、全球教育服務（E-Learning Infla、吸引外國人來韓就學）、綠色金融（綠色企業融資、綠色產業基金、Infla造成基金等）、數位內容及軟體（遊戲軟體、虛擬內容、SW等）及會展產業（MICE）與觀光（會議與觀光、研討會、國際慶典）。

在技術策略地圖方面，透過「選擇與集中」方法，將對領先進軍全球市場及有市場發展潛力之62項部門，篩選為明星品牌，並按明星品牌別列出1,200餘項核心技術課題。核心技術課題係由政府與民間共同研擬技術開發及技術水準之目標、技術的優先順位及核心技術商業化的行動時程等。

在人力培育綜合對策方面，預計未來十年將培育70萬名的技術核心人力。為達成此目標，擬定核心人力及推動高等教育特化事業等四個應辦事項。

另在中小企業支援方案方面，預計至2013年將培育出300家新成長動力全球中小企業，由政府支援技術開發、商品化及給予資金融通。

韓國政府於2009年5月表示，為順利推動新成長動力細部行動應辦事項，預計在未來五（2009至2013）年內斥資24.5兆韓元（折合新台幣6,336億元），其中在2009年將先斥資2.6兆韓元。在24.5兆韓元中，研發應辦事項預計動支14.1兆韓元，另有關制度改善及市場開展等非研發應辦事項約動支10.4兆韓元。

表二：韓國新成長動力綜合行動計畫三大部門政策項目及預算

單位：項目，兆韓元。

類別		綠色技術產業	尖端整合產業	高附加價值服務業	合計
項數		79	62	59	200
預算	R&D	3.7	8.8	1.6	14.1
	非R&D	3.0	3.4	3.9	10.4
	小計	6.7	12.2	5.5	24.5

資料來源：韓國知識經濟部，「新成長動力綜合行動計畫」，2009年9月。

　　其後至2011年4月，為了配合新成長動力事業之推動，韓國政府還陸續研提包括研發、人力、設備、金融等諸多綜合培育措施（參見附圖一）。

（二）2009至2012年新成長動力政策推動成果及未來發展方向

1. 政策推動成果

　　綜觀過去四年韓國政府推動新成長動力事業之成果包括投資增加、市場擴大、出口擴增及確保尖端技術。在投資增加方面，根據韓國情報通信研究振興院（Institute for Information Technology Advancement, IITA）於2011年7至12月之「新成長動力實態調查」結果顯示，過去三（2009至2011）年韓國對新再生能源等新成長動力領域之投資總額計達62兆韓元（約折合新台幣1.8兆元）。若以單一年度來觀察，2011年韓國對新再生能源等新成長動力領域之投資金額達23.5兆韓元，較2010年增加8.0%。其中，以生物製藥與醫療器材投資增幅最高，達55.6%；其後依序為綠色運輸系統的33.2%、新再生能源的33%、IT整合的24%及廣播通信整合的12%等；就企業規模而言，韓國大企業2011年對新再生能源等新成長動力領域之投資金額達22.2兆韓元，較2010年增加9.9%；中小企業投資金額僅為

1.3兆韓元,較2010年大幅減少17.1%。

在市場擴大方面,首先,在LED方面,隨著2009年LED TV市場出現爆發性成長,2010年韓國LED銷售金額達6.9兆韓元,較2009年的3.1兆韓元激增二倍以上,躍升全球第二大LED元件生產大國(2008至2009年在全球排名分別為第五與第四);機器人方面,在產業用機器人、清淨機器人需求擴大之帶動下,2010年韓國機器人生產金額達1.8兆韓元,較2009年的1.0兆韓元大幅成長75%。

其次在出口擴增方面,在大規模投資、建構一貫生產體制等之帶動下,使得韓國太陽光電、二次電池領域出口呈現跳躍式成長,其中,韓國太陽光電出口金額從2007年的1.4億美元激增至2010年的37.4億美元,劇增近26倍;韓國樂金(LG)化學公司所生產之二次電池則分別於2010年9月、2011年11月開始供貨給美國通用汽車(GM)公司與法國雷諾(Reynolds)汽車公司作為車輛用電池。除此之外,從發展初期開始,即將重點置於國際化之韓國軟體產業已經在2011年11月與美國銀行(Bank of America)簽署價值高達200萬美元之保安軟體合約;生物相似性藥品(Biosimilar)則以中小企業拓展海外市場之表現非常亮麗。

最後在確保尖端技術方面,在2009年12月韓國三星首度成功將LTE Phone予以商用化奠基下,2011年第二季以後,韓國手機在全世界市場占有率即一直維持龍頭地位而不墜,2011年第二季韓國手機在全世界市場占有率達27.1%,尤其是LTE Phone更多達54%,主導全球市場;在次世代顯示器方面,韓國於2007年領先全球首度將OLED予以量產,2011年韓國所產製之OLED在全世界市場占有率高達87%,位居全球第一,尤其是OLED核心技術係掌握在韓國廠商手中,獨占全球市場。

2. 當前問題及未來發展方向

四年來,韓國新成長動力產業之表現雖然亮麗,惟仍出現許多問題,這些問題包括:素材、裝備、完成品之價值鏈不均衡成長;以研發為主的

支援政策；投資成長趨緩；考慮發展階段之綜合性政策不足等。

　　為了維持新成長動力產業持續成長，以期將新成長動力產業培育成韓國「外貿2兆美元時代」之主力產業，除必須將過去所推動之輝煌成果予以進一步擴散外，並應針對所衍生之問題提出完善的解決方案。因此，韓國知識經濟部乃參酌韓國產業研究院（KIET）先前所提出之報告，而依照各階段特性，提出了提高技術確保之效率性、營造市場、擴大市場及加強產業化基礎等四大補強策略。

　　在提高技術確保之效率性方面，對二氧化碳收集與儲存、奈米、IL素材、尖端醫療器材等六項（占19%）正處於技術引進期階段（由於市場尚未形成，僅能集中力量，確保技術）之新成長動力產業，韓國政府將透過策略性研究與商業開發（R&BD）及實證事業等，以提高技術確保效率。

　　在營造市場方面，對軟體、服務機器人、綠色車輛、次世代感應器網絡（RFID）等13項（占42%）正處於產業化初期階段（由於新產品剛開始進入市場，係屬市場形成初期）之新成長動力產業，韓國政府將透過示範性事業、併購、人才培育等市場營造，以加速其成長。

　　在擴大市場方面，對新再生能源、LED、系統半導體、次世代顯示器、太陽光電等12項（占39%）正處於產業化中期階段（企業開始主導市場，生產增加且出口擴大）之新成長動力產業，韓國政府將透過創造新的需求、進行尖端領域研發等，促進市場擴大，以正式推動產業化。

　　在加強產業化基礎方面，為了促進新成長動力之產業化，未來韓國政府將透過專利、融資、諮詢等共同基礎設施支援，以強化產業化之基礎。其中，在專利方面，將加強全週期（從技術開發階段開始，至靈活運用為止）因應專利紛爭的支援；在融資方面，籌募特化基金，並積極發掘具有潛力之投資標的；在促進事業化方面，將加強技術開發成果物之事業化促進功能等。

二、零組件與素材產業培育政策

（一）推動背景及相關計畫

　　韓國為改善對日本貿易入超及提升零組件與素材產業競爭力，乃於2001年2月制定「零組件與素材專門企業支援特別措施法」（以下簡稱「零組件與素材特別措施法」），為期十（2001至2011）年。希望在這個法源的依據下，透過政策上的全力支援，積極培育零組件與素材產業。其後，韓國政府依「零組件與素材特別措施法」，推出一系列的發展計畫及相關對策。首先，2001年7月制定「零組件與素材發展基本計畫」（MCT-2010），後於2005年3月制定「提升零組件與素材信賴性綜合推動計畫」、2005年7月成立「零組件與素材產業振興會」、2006年5月制定「零組件與素材中核企業發展對策」、2007年7月制定「素材產業發展願景及策略」、2009年1月發表「第二期零組件與素材發展基本計畫」、同年10月發表「素材產業發展對策」、11月發表「提升零組件與素材競爭力綜合對策」（參見表三）。在這樣的法源及相關計畫與對策下，韓國政府在2001年至2010年的十年間，對零組件與素材產業發展計投入2兆韓元（約合新台幣556億元）的資金，提供強而有力的支援。

表三：2001至2009年零組件與素材支援政策推動經過

主要對策	主要內容
零組件與素材發展基本計畫（2001/7）	◇藉由專門化及大型化，納入世界的配銷貨體系 ◇建構技術開發及信賴性等素材零組件的發展基盤
零組件與素材中核企業培育對策（2006/5）	◇確保世界前五大50項模組零組件核心技術力 ◇確保未來市場搶先占領型50項原創素材技術
素材產業發展願景（2007/7）	◇集中國家技術力量全力開發素材 ◇建構創造型創新素材的基礎設施
第二期零組件與素材發展基本計畫（2009/1）	◇開發與綠色成長相關之素材零組件及未來先導型素材 ◇建構需求大企業與中小企業素材零組件廠商間之合作共生關係
素材產業發展對策（2009/10）	◇開發搶先占領世界市場十大核心素材（WPM） ◇改善貿易入超十大素材，力求自給自足
提升零組件與素材競爭力綜合對策（2009/11）	◇2010至2018年投入3.5兆韓元（約折合新台幣1,000億元）的經費，以提升韓國零組件與素材產業在國際市場上之競爭力。 ◇設定將韓國零組件與素材技術由2008年僅及工業先進國家之60%水準逐年提高至2012年80%、2018年90%，以及零組件與素材出口金額由2008年的1,835億美元擴增至2012年2,700億美元、2018年5,000億美元等兩大目標。 ◇預計投入的經費，韓國政府的財政預算投入金額將高達2.6兆韓元，民間部門投資金額將為9,000億韓元。

資料來源：韓國知識經濟部，「零組件與素材未來願景2020」，2011年11月1日。

（二）發展成果

　　2001年以來，在上述一系列之零組件與素材產業發展計畫及相關對策，以及龐大資金之投入下，韓國零組件與素材產業產值不僅大幅成長，在全體產業的地位逐年上升，而且零組件與素材產品出口更快速成長，也使得貿易出超擴增，主導了韓國全體產業之貿易結構。根據韓國知識經濟

部的統計，自2001年以來，韓國零組件與素材產業產值逐年增加，2009年高達471兆韓元，較2001年增加114%，創歷史新高。2001年至2009年零組件與素材產業產值年平均成長率為10.0%，高於全體製造業總產值年平均成長率5.4%。另2009年零組件與素材產業每家企業平均從業員工人數較2001年增加2.4人，增為56.3人，創歷史新高，而全體製造業則減少1.0人，顯示零組件與素材產業之就業增加效果遠高於一般製造業。

就出口之變動來看，2010年零組件與素材出口金額為2,290億美元，較2001年620億美元增加2.7倍，占全體產業出口總額的比重乃從2001年的41.2%增至2010年的49.1%，顯示韓國出口已逐漸轉變為以零組件與素材出口為主之製造業強國結構。在貿易收支方面，從2001年以來，韓國零組件與素材貿易出超金額逐年攀升，由2001年的27億美元增至2003年的62億美元，至2005年再增至227億美元，占全體產業貿易出超總額232億美元的98%，顯示韓國正式轉換成以零組件與素材為主之貿易結構，至2010年零組件與素材貿易出超金額高達779億美元，較2001年增加27.5倍，因此，占全體產業貿易出超總額之比重乃由2001年的29.2%遽增至189.1%，這也顯示韓國的零組件與素材產品已主導了韓國全體產業之貿易結構。

表四：韓國零組件與素材出口及貿易出超占全體產業之比重

單位：億美元；%。

	2001年	2003年	2005年	2007年	2009年	2010年
出口金額	620	820	1,238	1,682	1,710	2,290
出口比重	41.2	42.3	43.5	45.3	47.0	49.1
貿易出超	27	62	227	364	512	779
貿易出超比重	29.2	41.1	97.8	248.3	126.7	189.1

資料來源：韓國機械產業振興會，部品素材統計綜合情報網（www.mctnet.org）。

在零組件與素材出口大幅成長下，韓國零組件與素材出口在全球的地位亦大幅提升，在世界市場之占有率從2001年的3.4%提高至2009年4.6%；在世界市場之排名，也從2001年的第十名提高至2009年的第六名，落後於德國、中國大陸、美國、日本及香港，而超過法國（第七名）、義大利（第九名）、英國（第11名）等傳統工業先進國家。若以2009年全體產業出口在世界市場占有率3.2%及僅居世界排名第九來比較，顯示韓國出口係以零組件與素材為中心，主導全體產業的出口成長。

（三）未來發展願景及方向

在未來零組件與素材產業之發展上，為提升零組件與素材競爭力，韓國知識經濟部於2009年11月16日公布「提升零組件與素材競爭力綜合對策」，計畫從2010年起，至2018年為止的九年間，投入3兆5,000億韓元（約折合新台幣1,000億元）的經費，以提高韓國零組件與素材產業在國際市場上之競爭力，並設定將韓國零組件與素材技術由2008年僅及工業先進國家60%之水準逐年提高至2012年的80%以及2018年的90%，零組件與素材出口金額亦將由2008年的1,835億美元擴增至2012年的2,700億美元與2018年的5,000億美元等兩大目標。在所需投入的經費中，來自於韓國政府的財政預算投入金額將多達2.6兆韓元，而民間部門之投資金額則將為9,000億韓元。

韓國知識經濟部繼2011年9月5日發表「零組件與素材產業培育十年成果」報告後，又於同年11月1日發表「零組件與素材未來願景2020」報告，以作為未來韓國政府在素材與零組件產業政策與投資之最高指導方針。未來將透過四大策略、12大核心課題，期在2020年促使韓國躍居全球第四大素材與零組件強國。為此，韓國知識經濟部決定，將投入在素材領域之研發預算金額占全體素材與零組件總研發預算規模之比率，從2010年的43.5%大幅提高至2020年的60%。

表五：韓國零組件與素材產業

	現在	未來（～2020年）
零組件	達到先進國家水準	透過融複合化，以求高附加價值化及差異化，躍升為世界領頭羊的國家
素材	與先進國家之差距	確保大型原創技術及多樣化的中小與中堅企業技術力，以達到先進國家水準

資料來源：韓國知識經濟部，「零組件與素材未來願景2020」，2011年11月1日。

　　綜上所述，可發現韓國近十年來發展零組件與素材產業相當積極，不僅相關法令及計畫一脈相承，而且政策具有系統、持續性。特別是，近十年來韓國雖歷經三次政黨輪替，但其發展零組件與素材產業的決心，並未改變或有所鬆弛。在2001年至2010年的十年間，韓國政府對零組件與素材產業發展工作共投入2兆韓元（約合新台幣556億元）的資金，對零組件與素材產業的發展提供強而有力的支援，由此可知韓國政府推動產業的發展並非喊喊口號而已，而是確實執行其相關行動計畫。

三、服務業先進化方案／計畫

（一）推動背景及相關計畫

　　韓國自2001年以來，為強化服務業競爭力，致力於放寬管制、持續改善服務業與製造業之差別。特別是李明博總統執政後，為擴充韓國經濟之成長基礎，並創造出優質的就業機會，研擬「服務化先進化方案」。在2008至2009年間共推出五次的服務業先進化（升級）方案（參見附圖二），以及於2010至2011年推動有發展潛力服務業部門創造就業機會方案。前者側重於改善服務收支、法規鬆綁、擴充基礎建設及擴大內需基礎等；後者包括文化創意、社會服務、觀光及休閒、教育、研發（R&D）、保健及醫療等。服務業不僅可創造就業機會、擴充內需基礎

及改善對外依賴度，而且也是主導建構永續成長基礎的核心部門。

（二）推動成果及面臨問題

　　四年來，李明博政府在發展服務業方面所做之努力，已獲得具體成果，包括訂定吸引海外患者方案、外國觀光旅客大幅增加、放寬對通信廣播之管制及服務業就業人數持續增加。茲析述如下：在開放海外患者到韓國就醫方面，2009年5月開放招攬海外患者業務、同時開放醫療觀光簽證。在外國觀光客方面，到韓國旅遊之外國觀光客人數逐年增加，已由2001年的515萬人，增至2005年的602萬人，至2009年增為782萬人，2010年880萬人，2011年高達979萬人，創歷史新高，逼近1,000萬人。在放寬對通信廣播之管制方面，對廣播節目頻道進行綜合分配、准許移動通信可以轉售、引進虛擬廣告與間接廣告。不過由於國會修法作業延遲，在吸引國外醫療機構與教育機構進入韓國等方面尚無顯著成果。

　　另外從服務業就業人數觀之，已由2001年的1,349.7萬人，增至2005年的1,501.3萬人，至2009年增為1,618.3萬人，2010年為1,638.3萬人，2011年高達1,676.8萬人，創歷史新高，較2001年增加327.1萬人。反觀，製造業就業人數則有逐年下滑趨勢，即由2001年的426.7萬人，降至2005年的413.0萬人，至2009年再降為383.6萬人，2010年略增為402.8萬人，2011年略增為409.1萬人，但仍未達2001年的水準。

　　然而，服務業當前面臨的問題是生產力水平仍處於停滯狀態，經常帳服務收支雖有改善，但仍呈逆差。即韓國服務業就業人數雖有逐年增加，惟生產力水平一直處於停滯狀態，另外，經常帳服務收支雖亦有改善（由2010年的逆差86.3億美元，降為2011年逆差 43.8億美元），但截至2012年第一季續呈逆差（由2011年第一季的逆差25.4億美元，遽降為2012年第一季的逆差6.5億美元）。韓國政府指出當務之急是一方面維持服務業就業能力，一方面設法提升服務業生產力，以改善服務業國際收支。

（三）2012年服務業先進化推動計畫

為扭轉上述困境，韓國於2012年2月推出「2012年服務業先進化推動計畫」，一方面引進國際競爭，一方面走向海外。引進競爭為刺激國內業者，走向海外則為擴大市場。韓國「2012年服務業先進化推動計畫」之目標，係在於創造就業機會及提升生產力。計畫之策略包括四大項：盤點現行政策課題、建構完善制度、培育具潛力服務業及建立中長期發展策略。在盤點現行政策課題方面：有可能完成立法者依其性質提出對應方案，期於第18屆國會第18會期完成立法程序。在建構完善制度方面：制度之建立須有法源依據，完成「服務業發展基本法」之立法，即為整個服務業現代化推動計畫之核心工作，因為本法案關係到服務業研發投資之獎勵、服務業統計體系之建構、服務業先進化動力之強化等之法源依據。

在培育具潛力服務業方面：韓國政府選定之具潛力服務業包括：觀光、運動、教育、商業服務、廣播通信、數位內容、社會服務、海外服務、廣告、法律、會計等部門，分別提出各部門之發展策略，並輔導業者拓展海外市場。在建立中長期發展策略方面：在對服務業市場進行結構性分析後，斟酌各項課題之生命週期，依不同生命週期之階段性需求，分別訂定中長期發展計畫。並不定期召開服務業國際論壇，廣納全球學者專家意見。

肆、結語及對台灣之啟示

第一、2000年代以來，韓國外貿快速成長，外貿總額一再創新高，並晉升全球第九大貿易大國，主要歸因於韓國政府及民間業者積極推動新成長動力政策及零組件與素材產業培育政策，使政策展現成果。另自2000年代以來，亦在韓國政府積極推動一系列之服務業先進化方案下，服務業相對大幅成長，就業機會增加，使服務業就業人數逐年攀升，這是近年來韓

國就業情勢持續穩定的最大因素。

　　第二、由韓國近十年來積極發展新成長動力產業、推動零組件與素材產業培育政策及服務業先進化方案觀之，可發現不僅相關法令及計畫一脈相承，而且政策具有系統、持續性。特別是，近十年來韓國雖歷經三次政黨輪替，但其推動產業政策的決心，並未改變或有所鬆弛，投入龐大的資金，對三大產業的發展提供強而有力的支援，使三大產業的政策效果已逐年展現出來。

　　第三、相對我國而言，在過去十多年來亦推動不少產業政策及相關策略，發展新興產業，改善產業結構，但不少皆因政黨輪替或行政首長異動而使相關工作中止，不及韓國推動計畫之一脈相承，且政策具有系統、持續性，因此，其政策效果逐年顯現出來，再次展現「漢江奇蹟」，不僅經貿表現不斷創新高，而且國際地位也逐年攀升，韓國的作法值得我們借鏡。

參考書目

吳家興（2004），**韓國的經濟發展與政策**（台北：台灣商務印書館）。

吳家興（2012），韓國零組件與素材產業發展策略及政策初探。

吳家興（2008a），韓國服務業先進化方案（台北：行政院經建會）。

吳家興（2008b），韓國新成長動力產業之願景及發展方向（台北：行政院經建會）。

吳家興（2009），韓國新成長動力綜合行動計畫（台北：行政院經建會）。

謝目堂（2012），韓國2012年服務業先進化推動計畫（台北：行政院經建會）。

謝目堂（2011），韓國服務業先進化評估及未來發展方向化推動計畫（台北：行政院經建會）。

工研院產經中心（IEK）（2011，2012），國際科技政策觀測報告。

韓國經濟60年史編輯委員會（2010），**韓國經濟60年史——產業**。

韓國產業研究院（KIET）（2011），中日韓三國零組件與素材產業發展之比較。

韓國知識經濟部，<www.mke.go.kr>。

韓國企畫財政部網址，<www.mosf.go.kr>。

附圖一：韓國新成長動力政策推動經過（2008年迄今）

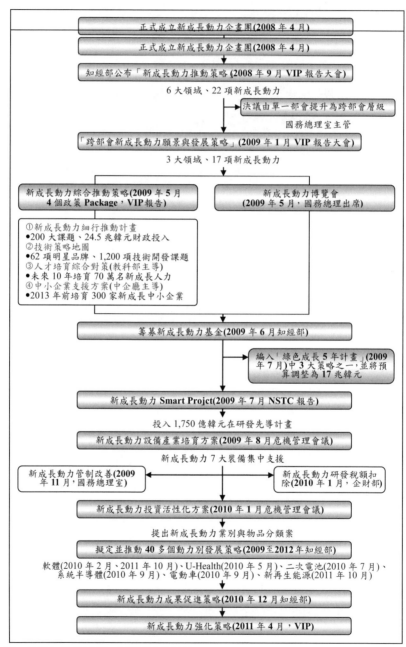

資料來源：韓國知識經濟部，2012年2月21日。

附圖二：服務業先進化方案基本方針（願景及推動策略）

【願 景】

◇ 在服務業部門，大量創造出優質就業機會的國家

◇ 製造業與服務業一併發展的國家

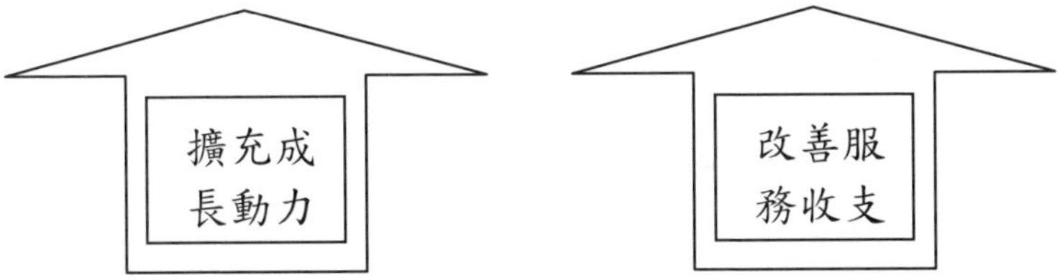

擴充成
長動力

改善服
務收支

推動策略：Service-PROGRESS

P	Productivity (提升生產力)	■達成服務業之高附加價值化
R	Regulatory reform (鬆綁管制)	■發掘及改善限制競爭的管制
O	Openness (開放)	■引進及發展海外先進的 know-how
G	Global standard (世界的水準)	■塑造先進國家水準之服務業基礎
R	Rivalry (競爭)	■強化服務業體質
E	Environmental improvement (改善經營環境)	■縮小與製造業發展之差距，塑造服務友善的經營環境
S	Specialization (專業化)	■提升服務業效率
S	Scale economy (規模經濟)	■提高服務業收益及降低成本

Service-PROGRESS推動方針

《 PROGRESS － Ⅰ（2008 年 4 月）：改善服務收支》

○【觀光、醫療觀光】擴大吸引外國觀光客來韓

　■由住民、事業者、地方自治團體擔負起主導的角色

　■從需求者與顧客的立場，仔細地改善旅行全部過程

○【教育】將早期留學需要轉回國內

　■支援外國教育機構等之設立及運作，及加強英語的公共教育等

○　【知識基礎服務】國內外市場之開拓及創出

　■強化支援服務業輸出體系

《 PROGRESS －Ⅱ（2008 年 9 月）：推動服務業管制合理化》

○【進入管制】活化服務業市場之競爭

　■鬆綁遏阻教育、醫療、法律等競爭之管制

○【營業管制】提高企業及消費者確實體會之滿足度

　■從原點開始重新檢討在現場感覺之不合理的習慣及管制

《 PROGRESS －Ⅲ（2008 年 12 月）：促進服務業成長動力化》

○【高附加價值的服務】創出優質的就業機會

　■培育設計、顧問、會議及關聯產業等具發展潛力之服務業

○【服務人力】提高服務業附加價值之創出

　■建立培育高品質水準之服務人才體系

三星電子的經營策略

謝目堂

（景文科技大學副教授）

金德洙

（韓國國立群山大學教授）

摘要

　　三星集團擁有包括電子、機械、化工、金融、保險、報紙、醫院、飯店等70家重量級公司，其中最受矚目的是三星電子，2012年三星電子的DRAM與面板穩居全球龍頭地位。

　　三星電子的五大經營理念為重視人才、追求第一、求新求變、正道經營、共存共榮，其中重視人才、追求第一、求新求變三項信念在引導三星走向超一流企業上發揮正面的加乘效果，至於正道經營與共存共榮二項則尚有待努力之處。此外，三星電子的經營也面臨危機，三星電子最大的危機是與天下為敵。

　　台灣的電子業可以從三星電子的經營策略中得到啟發，其一為零庫存。沒有存貨，所以不但能減少浪費，降低成本，還能有餘力適時推出新產品；其二為加強專利研發，有自己的核心技術；其三為占領通路。21世紀的電子產業，誰掌握通路，誰就是最後的贏家。

關鍵詞：三星電子、經營策略、競爭策略、行銷策略

壹、三星電子概況

　　三星集團擁有包括電子、機械、化工、金融、保險、報紙、醫院、飯店等70家重量級公司（參見表一），其中最受矚目的是三星電子，三星電子成立於1969年，創始之初命名為三星電子工業，1984年更名為三星電子，1988年三星電子與三星半導體&無線通訊合併。2000年三星電子與惠普、恩益禧、康柏等11個公司共同合作，成立世界最大的電子商務公司。2004年三星電子品牌價值達125億美元，經Interbrand 評選為世界品牌排名第21位，超越索尼。2009年更提升到排名第19位，品牌價值175億美元，2005年三星電子被《財星》雜誌評選為最受尊敬企業全球第39位。2010年三星電子營業額1,546,303億韓元 [1]（約等於1,400億美元），稅後純益16,147億韓元 [2]（約等於147億美元）。2012年第一季，三星電子DRAM全球市占率達41.4%，穩居全球DRAM龍頭地位，且DRAM營業利益率達12%，為全球唯一獲利的廠商，至於其他知名DRAM廠商如海力士、爾必達、美光等不但遙遙落後於三星，且繼續面臨虧損的窘境。

---

[1] 三星電子官方網站〈http://www.samsung.com/sec/aboutsamsung/file/information/SEC_AR10_K_full.pdf〉。

[2] 同上。

表一：三星集團全體組織圖

電子產業	機械產業
三星電子 三星SDI	三星重工業 三星‧Techwin
三星電機 三星‧corning	**其他產業**
三星SDS 三星電子商務	三星物產 三星‧Engineering 第一紡織
金融產業	三星‧Networks
三星生命 三星火災 三星‧Card 三星證券 三星‧Capital 三星投資信託運用 三星‧新創企業投資	三星‧Everland 新羅飯店 第一企劃 S1 三星‧Lions 三星醫療院 三星經濟研究院 三星人力發展院 三星綜合技術院
化學產業	三星文化財團
三星綜合化學 三星石油化學 三星精密化學 三星BP化學	三星福祉財團 湖巖財團 三星言論財團

2012年3月三星智慧型手機與蘋果的iPhone爭搶世界霸主，2012年5月10日三星推出世界第一部55吋大型OLED電視。三星電子努力將自己變身為全球超一流的電子公司。

貳、經營哲學

三星電子的經營哲學主要有五，分別為：重視人才、追求第一、求新求變、正道經營與共存共榮。

一、重視人才

　　三星電子每年動用500億韓幣於人才教育，在全體48,000名員工當中，除了生產機能職位25,000名之外，其餘23,000名為研發人力，其中擁有博、碩士學位者占25%。規模超越漢城大學，成為韓國最大的人力庫。

　　三星在人力培訓方面也不吝惜投資。三星將技術分為基礎、尖端、核心、未來四種，為了配合各個階段而實施各種人力培訓課程。每年還投入200多名的人力到海外研究所，參加相關的教育課程，以利於將先進技術運用到商業上。[3]

　　2004年三星電子掌門人李健熙發表「天才論」，宣告延攬天下英才入三星而用之。

二、追求第一

　　三星堅信第一理論，三星旗下許多產品擁有世界第一的地位：電視產品市占率位居第一、全球第一大液晶電視供應商、半導體和面板是全球市場龍頭。2009年9月三星電子市值首度超越英特爾，成為全球市值最大半導體廠商，在2010年三星電子營業額超越惠普，成為全球第一大科技商。[4]

三、求新求變

　　李健熙的名言是「除了老婆之外，其他的都可以換」，三星強調要永續生存，就必須隨時創新，包括品牌行銷創新、競爭策略創新、人力資源創新、核心技術創新。

---

[3] 李奉熙、楊純惠、黃蘭琇譯，〈三星秘笈：超一流企業的崛起與展望〉（台北：大塊文化出版社，2003年4月），頁123。

[4] 蕭嬋，〈韓國三星的創新策略與政商關係對台灣產業發展的啟發〉，頁34。

四、正道經營

三星電子官方網站寫著：要以堅固的心與誠摯的行為，來捍衛名譽與品格，凡事追求正道。

五、共存共榮

三星電子官方網站寫著：作為人類社會的一分子，三星要與國家、社會，及全人類共存共榮，以三星電子在台灣為例，其在台灣投資期間參與屏科大導盲犬捐助活動、台北聽障奧運系列活動、八八風災關懷系列活動、三星「Go Green愛・綠跑」路跑活動、2009金馬獎盛會等，從社會關懷至文化藝術，不遺餘力地表達三星對台灣社會的關懷。

以上五大經營哲學中，三星電子信守重視人才、追求第一、求新求變三項，重視人才、追求第一、求新求變之信念也確實在引導三星走向超一流企業上發揮正面加乘效果，至於正道經營與共存共榮則尚未能取得世人信服，李健熙被控於1989年與1992年行賄當時韓國大統領盧泰愚，2008年又被控逃漏稅，加上最近三星家族爭產的新聞報導，實難令人將正道兩字與三星產生聯想。而在共存共榮方面，三星在全球各地贊助體育文化藝術活動的表現確實頗受肯定，也讓三星品牌行銷獲益匪淺，不過由於三星集團在韓國國內像五爪章魚般的擴充版圖，扼殺了中小企業的生存空間，因此部分韓國人士即以此批評三星家族為富不仁。

參、經營策略

三星電子的經營策略主要有五，分別為：成本、研發、品牌、競爭與行銷策略。

一、成本策略

　　三星電子的成本策略最重視徹底的庫存管理，因為庫存百害而無一利，為了達到零庫存，1999年三星電子召集包括PWC在內的海外顧問公司以及三星SDS的工程師。賦予他們的任務就是要將「庫存消失」，最後三星電子在海外顧問公司，以及三星SDS工程師的努力下，建構了龐大的供應鏈管理（SCM）系統。依此一SCM系統之運作方式，銷售部門將目前哪種產品賣得如何、未來又將要售出多少的訊息同步傳達給工廠，製造部門根據這些訊息，擬定新的生產計畫，使原料、產品、市場環環相扣。在SCM發揮功效之後，三星電子的庫存日數由1997年的平均八週，降到2001年的平均三週。也就是說在韓國製造的產品，經由海運到美國洛杉磯，到最後的流通市場，所需花費的時間僅為三週。[5] 而三星的目標是：將製造與銷售間的時差完全控制為零。

　　因為沒有庫存，所以也能早一步推出新產品，三星電子對外宣稱：2001年三星行動電話創造最大營收的秘訣就在於庫存管理，2011年全球有一億台以上的行動電話庫存量，當其他先發業者如諾基亞等礙於庫存而難以推出新產品時，沒有庫存的三星電子卻能領先推出新產品。

　　占領市場抓牢供應鏈，嚴格追求零庫存，不讓備料變廢料是三星電子成本管理的制勝之道。原來出自日本豐田的零庫存管理理念，最後執行最徹底的是三星電子。零庫存對資金調度也發揮重大功效，試想如果開三個月的票付款給材料供應商，然後立刻將材料變成產品換成現金，這就等於拿材料供應商的錢做生意。

---

[5] 三星電子李相烈協理說：所謂三週，是在韓國製造產品以後，經由海運到美國洛杉磯，到最後的流通市場，所需花費的時間。

二、研發策略

（一）掌握核心技術，重視智慧財產權

　　三星電子將智財產權視為最高的企業資產，因此長久以來持續地投資研發領域。2005至2008年期間，三星電子將每年總營業額的9%以上投資在此領域。2008年投資的金額達6.90兆韓元（參見表二），約等於60億美元，最近三年每年更以20%以上的成長率增加於對研發的投資，依據三星電子在其損益表上所公告的資料顯示，三星電子2009年與2010年的研發投資金額分別為7.39兆韓元及9.10兆韓元。

表二：三星電子研發投資概況表

基準日：2008年12月31日

年度	研發投資金額 （占銷售額比率）	取得美國專利件數 （全球排名）
2008	6.90兆韓元（9.5%）	3,515件（第2位）
2007	5.94兆韓元（9.4%）	2,752件（第2位）
2006	5.58兆韓元（9.5%）	2,665件（第2位）
2005	5.41兆韓元（9.4%）	1,641件（第5位）

資料來源：三星官網，〈http://www.samsung.com/sec/aboutsamsung/information/condition/R_D/investment.html〉。

　　三星電子的全體人員中研發部門約占30%。其中擁有博士學歷的就有超過1,500名。而在情報通訊部門方面，全體人員當中研發人員就將近占半數，工程師幾乎就等於生產人員。

　　此外，三星電子也在美國、日本、英國、印度、俄羅斯等八個地區設置海外研發中心，並雇用約1,000名的當地研發人力。

　　有研發，有自己的核心技術，才能給自己的產品賦予靈魂，三星電子

在2010年宣布將在2011年投資255億美元，鞏固原有核心科技事業，並拓展新的業務部門，投資太陽能電池、混合車用的充電電池、LED技術、生物製藥和醫療器材等。三星電子藉由不斷的研發投資，來拉開與競爭對手的領先地位，三星電子在電子領域領先索尼超過一年。以前三星電子以索尼為學習對象，現在三星電子告訴大家千萬別拿索尼來跟三星電子做比較，言下之意，三星電子已經不把索尼視為競爭對手。

（二）依循「種子、苗木、果樹」論，選定種子產業，加強研發投資

五到十年後可以開發結果的下一代事業，被歸類為「種子」事業——是從現在起就應該果敢地投資技術、錢、人力，找到其種子，並打穩基礎的事業。

所謂「苗木」事業，是現階段雖然不能創造大幅利潤，將來卻可以成為果樹的事業——就應該比其他事業，更加強產品技術發展的能力、行銷能力，以優先掌握住市場。

而所謂「果樹」事業，就是目前引領公司成長的事業。應該要強化既有的優勢，以成為不動如山的一流事業為目標。

至於成長早已停滯，很難再期待結果，需要果斷整頓的事業，則被歸類於「枯木」事業。

三星電子目前所選定的種子事業有：行動通訊系統、NetWorking網路設備、非記憶體事業等。苗木事業包括數位電視、PDA、TFT、LCD等。[6]

三、品牌策略

三星電子致力品牌的作法很創新。

---

[6] 李奉熙等譯，〈三星秘笈：超一流企業的崛起與展望〉，頁121。

（一）重形象

三星電子每年給麻省理工學院、史丹佛、哈佛等全球八大名校前端畢業生寫信，約時間面談，從中錄取約十人到三星電子做研發或策略分析工作，簽約四年，給高薪。現在這些名校畢業季來臨時，校園談論的話題是三星。國際媒體報導三星時，總是想起全球精英在三星，一年花費的錢不多，卻能給公司形象帶來巨大的正面效果。

（二）重時尚

三星電子的產品很時尚，因為三星電子的作法很另類，三星電子派研發設計人員，去義大利米蘭看時裝秀本身就很有創意。三星電子的研發人員總是能夠貼近時尚，因此三星產品頗能迎合年輕人的時尚風潮。面對蘋果iPhone用單一機種行銷時，三星電子推出多種款項，用多款時尚吸引年輕人的注意力。

（三）抓住女人心

三星電子用心於探究女人要的是什麼，GALAXY的設計就是迎合女人可以將GALAXY放在包包裡的方便性，因此蘋果的iPad固然獨領風騷，三星的GALAXY也頗受歡迎，因為GALAXY能夠抓住女人的心。

四、競爭策略

（一）先蹲後跳的超敵策略

三星電子在面對全球一流競爭對手時，其所採取的競爭策略是：接近他，學習他，超越他，吸乾他。

當三星電子發現內部技術能力無法與競爭對手相抗衡時，就會利用外部創新的思維，向一流的競爭對手尋求合作。三星電子一方面向合作對象

學習所需的技術，一方面將其作為學習標竿，同時利用龐大的財團資金，不計代價，於迅速習得技術後，超越競爭對手。近十年內與三星電子合作的世界一流企業中，被三星電子超越，最後市場被三星搶占而落入經營危機者不乏其例，如日本的索尼，芬蘭的諾基亞等（參見表三）。

表三：近十年來三星電子與世界一流企業合作一覽表

企業	時間	合作內容
Nokia	2007年4月	共同開發DVB-H及其終端機之相關技術
Limo	2007年1月	共同開發Linux Platform
Alcatel	2006年10月	衛星與DVB-H技術合作
SONY（S-LCD）	2006年6月	合資LCD 8代廠（2,200×2,500mm）
IBM	2006年3月	商用印表機技術合作
Intel&MS	2006年3月	共同開發UMPC
Discovery	2005年9月	HD數位內容技術合作
Salvarani	2005年7月	共同開發結合家電與家具之新產品
Sun Microsystems	2005年7月	共同開發次世代商用電算系統
Covad	2005年6月	供貨合約
Lowe's	2005年6月	家電製品供貨合約
VDL	2005年2月	無線DMB合作
Charter	2005年1月	數位電視技術合作
KDDI	2005年1月	供應CDMA2000 1xEV-DO裝備給日本
Bang & Olufsen	2004年11月	締結夥伴關係
Kent State University	2004年10月	面板技術合作
Qualcomm	2004年7月	MDDI技術合作
Toshiba（TSST）	2004年4月	光電技術合作
Sony（S-LCD）	2004年3月	合資LCD7代廠（1870×2200mm）
IBM	2004年3月	供同開發奈米製程技術

Dell	2004年4月	供應多功能雷射印表機
HP	2003年9月	噴射印表機技術合作
Disney	2003年9月	供應VOD機上盒
Napster	2003年9月	隨身聽技術合作與市場開發
SONY	2003年4月	擴大記憶棒業務
NEC	2003年8月	Hight-End電腦技術合作
Matsushita	2003年1月	DVD RECORDER技術合作、共同生產與行銷
Best Buy	2002年7月	透過Best Buy 500多個行銷據點販售三星雙門電冰箱
Microsoft	2001年11月	共同開發數位家電產品

資料來源：三星官網〈http://www.samsung.com/sec/aboutsamsung/information/condition/alliance/alliance.html〉。

（二）致敵於死的定價策略

三星電子對LCD、AMOLED、CPU、MEMORY等核心零組件的設備投資從不間斷，1998亞洲金融風暴、2001網路泡沫及2008美國次貸危機期間，三星電子依然沒有停下投資的腳步。由於規模大、設備新、效率高，因此平均成本較競爭對手低，且三星電子憑著在研發上的果敢投資，總能在產品生命週期上領先競爭對手，所以三星電子可以在產品初期訂定較高價格，提早回收投資成本。等競爭對手追上時，三星電子的設備投資大部分已經快折舊完畢，成本優勢大增。此時三星電子便採取致敵於死的定價策略，剝奪競爭對手的生存空間。以DRAM為例，假設DRAM每顆平均成本三星電子為0.9美元，台灣的力晶為1.1美元，三星電子將價格訂在每顆1美元，結果是三星小賺，力晶大虧。

五、行銷策略

三星電子行銷策略中，最成功的是運動贊助，透過運動贊助，三星電

子產品成功的貼近年輕人的心。

（一）三星電子的運動行銷哲學

三星電子董事長李健熙在1988年宣布第二次創業宣言時，即明白表示要經由體育活動將三星電子推向世界著名品牌。其後李健熙膺選國際奧會委員，更積極投入國際體育賽事之贊助，三星電子體認到要提升三星電子的品牌價值，非經體育贊助不足為功。

三星電子熱中的運動項目為高爾夫、棒球、足球三項，依照三星運動行銷小組的說法，高爾夫比賽不用裁判，代表自由精神；棒球有犧牲打，代表犧牲精神；足球代表堅強的鬥志。

（二）三星電子的運動贊助活動

● 國內贊助

三星電子贊助韓國國內體育活動方式可歸納為：直接成立各類運動項目之三星代表隊培育運動選手、透過贊助單項運動協會間接贊助運動選手，以及直接對體育競賽中取得優異成績之選手給予獎助金三種。三星電子在12個運動項目成立五個職業選手隊及16個業餘選手隊。另外贊助馬術協會、跆拳道協會、羽毛球協會、溜冰協會、摔角協會、田徑協會等單項運動協會。同時對優秀運動員也給予個別贊助，如2010年溫哥華冬季奧運溜冰冠軍之三位選手，每人給予7億韓元之現金贊助等。

● 國際贊助

三星電子自己分析，三星品牌價值之所以能夠超越索尼，其公開武器就是體育贊助，三星電子成立運動行銷小組，積極從事體育贊助行銷活動，其所贊助之國際體育活動項目繁多（參見表四）。

表四：三星電子贊助國際體育競賽一覽表

年度	項目
1986	首爾亞運
1988	首爾奧運
1988-1996	國際賽馬大會（FEI）
1990	北京亞運
1992	巴塞隆納奧運
1994	廣島亞運
1996	亞特蘭大奧運
1997	雅典世界田徑大賽 福岡田徑大賽 布達佩斯國際室內田徑大賽 瑞士世界體操大賽
1997-1999	跨越障礙物賽馬國際對抗賽
1998	曼谷亞運 中野冬季奧運
2000	雪梨奧運
2002	釜山亞運
2004	雅典奧運
2006	多哈亞運
2008	北京奧運
2010	廣州亞運、溫哥華冬季奧運

資料來源：黃慶堂、謝目堂（2011），〈韓國獎勵民間參與優秀及潛力運動員培育訓練之現
　　　　況〉，體委會研究計畫。

（三）三星電子運動贊助的效益

● 贊助奧運十年，品牌價值翻升五倍

三星電子表示，過去十年間透過贊助奧運活動，讓三星電子的品牌價值躍升五倍，三星手機銷售量成長九倍。依據國際品牌顧問社Interbrand之調查，三星於1998年成為奧運正式贊助者初期，1999年三星品牌價值為32億美元，2009年增加為175.1億美元，在2009年全球最佳品牌排行榜中位居第19名。

● 贊助北京奧運，三星手機在大陸市場占有率兩年增長一倍

在中國大陸市場更顯出奧運贊助的威力，2008年北京奧運之前，三星手機2007年在中國大陸的市場占有率是11.5%，而2008年9月北京奧運結束時，三星手機在中國大陸的市場占有率倍增至21.2%。

● 贊助英國Chelsea足球隊四年，產品在歐洲銷售額成長一倍

三星電子與超級英國聯賽冠軍隊Chelsea簽訂自2005至2010年為期五年之贊助合約，其廣告效果初估為每季1億美元，Chelsea足球隊在全球擁有9000萬球迷，在合約簽訂後，球員藍色球衣繡上三星名號，三星電子在球場四周布置三星廣告，又網羅英國足球明星貝克漢（Beckham）及德國足球明星巴萊克（Michael Ballack）等作為三星代言人，這些廣宣效果讓三星電子產品在歐洲的銷售額，從2004年的17兆8371億韓元，快速成長至2010年的36兆1830億韓元，增幅超過一倍，2010年第一季三星LCD電視在歐洲占有率22.7%，位居第一名。而三星手機則由2004年的第四名占有率9.5%，提升為2010年2月的第二名占有率23.9%，此外，英國首度引進的3D TV也是屬於三星製品，三星電子的目標是讓歐洲消費者想到3D TV就想到三星，也就是讓3D TV與三星畫上等號。

肆、三星電子的經營危機

一、與天下為敵

三星電子的最大危機是決策錯誤，與天下為敵。2010年三星掌門人李健熙因健康問題正式交棒給兒子李在容，李在容急於建立自己的領導風格，犯了與天下為敵的決策錯誤。三星電子供應蘋果手機的CPU，現在則正忙著與蘋果進行專利戰爭。

二、踐踏商道

帶頭與台灣的奇美、友達等面板廠聯合操縱國際面板價格，卻當起「抓耙子」（指背叛與出賣），出面指控合作夥伴，陷害合作夥伴。此一行為與其所標榜的正道經營理念背道而馳，無形的商譽損失難以估計。

三、反托拉斯調查

三星電子與天下為敵，必然逼得各國業者想方設法要求政府出手主持公道，目前歐盟正在對三星電子展開反壟斷調查，歐盟調查三星電子是否濫用專利，或不遵守其公平合理和非歧視的承諾。歐盟只是開端，如果李在容的決策模式不改，三星電子產品被國際社會禁售也不是不可能的事。

四、產品生態僵固

三星完全是按照傳統手機廠商的策略在做產品，即覆蓋各個階段、各個消費群及細分市場，但是蘋果的策略是用一款手機打所有細分市場。另外，蘋果除硬體產品外，還能從應用商店獲得收益，而三星還是靠賣硬體

為主，且產品依附於安卓系統，在生態系統方面無優勢可言。[7]

伍、結論：三星電子經營策略對台灣電子產業的啟示

一、徹底追求零庫存

三星電子的零庫存管理可供台灣電子業借鏡，三星電子利用高階企業資源計畫（ERP）系統，建立嚴密的供應鏈管理系統，因為沒有存貨，所以不但能減少浪費，降低成本，還能有餘力適時推出新產品。我們雖然不做品牌，亦應善用零庫存，才能避免因市場產品需求變動，使得庫存的備料轉眼間變成廢料。

二、加強專利研發

有研發，有自己的核心技術，才能給自己的產品賦予靈魂，也才能行銷自己的品牌，創造高的附加價值。三星電子的優勢在於，即使處於不景氣階段仍然不放棄對研發的持續投資，這使得三星電子有能力在景氣復甦時比別人早一步掌握先機。

台灣電子業者也有逐漸加強研發投資之趨勢，但是比較側重於製程專利的研發，而忽略核心零組件之開發，這會讓台灣業者長期困在加工與代工的角色。一旦想自創品牌，就很容易採到侵權的紅線。

三、占領通路

大陸電子產品消費占全球18%（《電子時報》統計），且逐年增加。以往台灣不做品牌，末端神經不能接觸到第一線消費者，因此對市場的反

---

[7] 引用易觀國際分析師王穎的評語。

應較不靈敏，要建立零庫存管理系統不免有所障礙，今後應設法利用經濟合作架構協議（ECFA）之機制，在大陸市場建立3C通路，大幅提升對市場的掌握能力。然後從大陸擴散到印度、巴西等未來具消費潛力的市場。21世紀的電子產業，誰掌握通路，誰就是最後的贏家。

參考書目

三星電子官方網站〈http://www.samsung.com/sec/aboutsamsung/file/information/SEC_AR10_K_full.pdf〉。

李奉煦，楊純惠、黃蘭琇譯（2003/04/04），《三星秘笈：超一流企業的崛起與展望》，（台北：大塊文化），頁123。

李奉煦，楊純惠、黃蘭琇譯（2003/04/04），《三星秘笈：超一流企業的崛起與展望》，（台北：大塊文化），頁121。

蕭嬋，〈韓國三星的創新策略與政商關係對台灣產業發展的啟發〉，頁34。

台韓商互動與大陸市場競合

台韓商合作：可能商機與挑戰

杜巧霞

（中華經濟研究院台灣WTO研究中心研究員）

摘要

中國大陸是快速成長的市場，自2005年起中國大陸自韓國進口值超越自台灣進口值。過去十年，韓國商品在大陸市場表現優於台灣，雙方似乎處於相互競爭態勢。為了因應全球區域經濟整合趨勢，目前台韓均與中國在進行FTA談判，任何一方先完成談判，對另一方似乎有不利影響。然過去一、二十年來，東亞地區相互貿易積極發展，很多文獻證實東亞國家間已經發展出緊密的產業分工關係，未來制度面的整合將使各國更進一步發展產業分工、規模經濟與相互投資之效益。本文主要先從東亞區域貿易整合趨勢分析台韓商品在其中扮演的角色，其中中國大陸是東亞分工體系與貿易成長的中心，其次分析台韓商品在中國大陸呈現的結構性異同與競合關係，最後再針對重要商品進行單位價格與品質方面分析，發現其中一半以上，雙方產品事實上是屬於品質不同的產品，亦是未來具有合作空間的項目。但是在化工原料及加工層次較單純的項目，則彼此的同質性較高。在機器與機械產品方面異質性最大，未來雙方合作的空間最大。因此未來雙方可以以更積極的角度，共同參與區域經濟整合。

關鍵詞：台韓商品競合關係、東亞區域內貿易、東亞產業分工、東亞區域經濟整合

臺、台韓商品在大陸市場成長趨勢

　　過去一、二十年來中國大陸經濟與進出口市場快速成長，台韓對中國大陸出口皆快速增加，然自2005年起中國大陸自韓國進口值超越自台灣進口值。以過去十年成長趨勢來看，中國大陸自台灣進口成長率平均每年17.6%，自韓國進口成長率平均每年22.5%，韓國成長率較高。2011年中國大陸自韓國進口1,616億美元商品，較前一年成長16.8%，占中國大陸進口市場9.28%；自台灣進口1,248億美元商品，較前一年成長17.6%，占中國大陸進口市場7.17%（見表一與圖一）。2012年受到歐美債務危機、需求減弱影響，中國大陸出口貿易成長減緩，1至6月成長率僅4.17%，進口貿易則僅成長6.78%，其中自台灣進口更負成長4.95%，自韓國進口則成長0.43%。韓國產品在中國大陸市場表現持續優於台灣。

表一：中國大陸自台韓進口貿易發展趨勢

年	大陸自台灣進口			大陸自韓國進口		
	進口值 （百萬美元）	成長率 （%）	貿易餘額 （百萬美元）	進口值 （百萬美元）	成長率 （%）	貿易餘額 （百萬美元）
2001	27,339	-	-22,338	23,377	-	-10,858
2002	38,061	39.22	-31,475	28,568	22.21	-13,033
2003	49,361	29.69	-40,356	43,128	50.97	-23,033
2004	64,759	31.2	-51,214	62,234	44.3	-34,423
2005	74,680	15.32	-58,131	76,820	23.44	-41,713
2006	87,099	16.63	-66,365	89,724	16.8	-45,202
2007	101,028	15.99	-77,565	103,752	15.63	-47,320
2008	103,338	2.29	-77,461	112,138	8.08	-38,206
2009	85,723	-17.05	-65,218	102,552	-8.55	-48,872
2010	115,697	34.96	-86,013	138,417	34.97	-69,635
2011	124,895	7.95	-89,830	161,673	16.8	-78,749
2012.1~6	58,517	-4.95	-42,021	76,922	0.43	-32,818
年平均成長率	-	17.6	-	-	22.46	-

圖一：中國大陸自台日韓進口趨勢圖

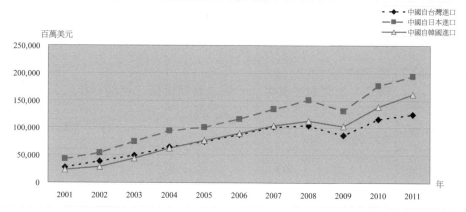

資料來源：本研究整理繪製。

　　為因應全球區域經濟整合潮流，兩岸目前已簽署經濟合作架構協議（ECFA），中韓之間則有亞太貿易協定。惟兩岸ECFA屬框架協議，優惠待遇僅有早期收穫項目，而亞太貿易協定屬於開發中國家簽署的優惠貿易協定，其優惠程度不若自由貿易協議（FTA），但中韓已於2012年5月間展開FTA談判，未來進度值得關注。基於台韓商品在中國大陸市場一向有很多競爭，但是事實上台韓企業發展模式不同，同時目前國際產業分工體系十分發達，產業內的分工可以做十分細緻的切割，因此雙方應該也有不少合作的機會。

貳、台韓在東亞產業分工體系中之角色

　　自1980年代末期開始，東亞地區在區域內貿易與產品組成發生重大改變，這種改變主要是由於科技進步、跨國投資與鄰近國家競相採取出口導向政策所形成的產業分工，結果東亞各國間之相互貿易快速發展，並形成了東亞產業分工體系。台韓在此時皆展開了對外直接投資，其中台灣對東亞主要國家的投資累計已將近2,000億美元，主要的投資地為中國大陸，

投資金額累計達1,117億美元，占台灣在東亞投資的61%，使台灣成為國際產業分工中重要的成員，因此亦形成經由市場力量發展出來的區域經濟整合，台韓與東亞國家區域內貿易因而大幅成長。

表二：台灣對主要東亞七國之直接投資（至2011年底）

目的國	金額（十億美元）	件數	在當地外資之排名	主要投資行業
新加坡	5.96	485	—	紡織、金融保險、電子電器、運輸業
泰國	12.85	2,081	—	電子、電機、鋼鐵、機械、紡織、化工及食品
菲律賓	1.96	1,021	7	水泥、紡織成衣、機械設備、橡膠、塑膠製品、電子產品
馬來西亞	11.18	2,346	3，次於美、日	電子電機、能源、木材、橡膠、礦產、電腦及周邊設備
印尼	14.57	1,440	5，次於日、英、星、美	進出口貿易、電子零件、製鞋及金屬、機械
中國大陸	111.70	39,572	5	電子、電機、電腦、金屬製品、電力設備、塑膠製品
越南	23.52	2,222	1	紡織成衣、鞋類、電子、資訊、鋼鐵、家具、農業生產、食品加工、建築、商務辦公室租賃、旅館、觀光
合計	181.74	49,167		

資料來源：除中國大陸為台灣經濟部投資審議委員會之統計外，其餘皆為各國當地政府統計。

　　以台灣對外貿易比重來看，在1990年代初期，台灣對東亞十國出口的比重只占總出口42.7%，到2010年則達到68%，增加了25個百分點（見表三）；對歐美等區域外國家出口比重則大幅衰退，由37%減到22%。同樣韓國對區域內國家出口比重也由41%成長到51%，增加10個百分點，但比

台灣增加的程度低。由此顯示，台灣與東亞國家在區域內貿易與產業分工程度方面比韓國更為密切。但從進口貿易比重來看，台灣在此期間自東亞國家進口比重只增加6.4個百分點，韓國亦不相上下，主要原因在於台韓皆不是重要的最終消費市場。

在東亞產業分工體系中，由於中國大陸具有廣大的廉價勞工與土地，成為世界工廠，東亞國家包括亞洲四小龍、馬來西亞、菲律賓、泰國、印尼等，對中國大陸出口均大幅增加，對日本、歐美等出口比率則明顯下降。而在中國大陸加工後的產品最後主要銷往歐美終端市場，因此形成以中國大陸為加工中心，再出口到歐美的三角貿易型態。因此在表三中，只有中國大陸對東亞區域內的出口比重明顯下降，而對歐美出口比重則明顯上升。

表三：東亞各國區域內外出口貿易發展趨勢（1990-2010）

單位：%

| | 貿易夥伴 | | | | | | |
| | 東亞區域內貿易 | | | 1999-2010 出口比率差距 | 歐美區域外貿易 | | |
年	1990-94	2005	2010		1990-94	2005-2006	2010
印尼	62.0	60.0	63.0	1.0	27.5	23.7	19.5
馬來西亞	54.7	53.5	59.9	5.2	34.1	31.5	20.3
菲律賓	36.1	60.6	64.9	29.8	56.4	36.0	29.0
新加坡	48.2	61.5	63.5	15.3	34.6	22.0	16.3
泰國	41.7	51.5	51.0	9.3	40.7	28.9	21.5
越南	—	45.1	—	—	—	38.1	—
中國大陸	60.5	41.2	34.4	-26.1	14.6	40.6	38.7
香港	47.0	60.1	66.8	19.8	40.1	29.9	22.2
台灣	42.7	62.2	68.0	25.3	44.1	25.8	21.2
南韓	40.8	49.0	50.9	10.1	37.5	29.4	22.2
日本	34.6	47.3	53.1	18.5	48.0	37.4	27.1

表四：東亞各國區域內進口發展趨勢（1990-2010）

單位：%

	貿易夥伴						
	東亞			1999-2010進口比率差距	歐美		
年	1990-94	2005	2010		1990-94	2005-2006	2010
印尼	48.4	57.8	62.1	13.7	16.8	7	13.5
馬來西亞	58.9	63.5	64.4	5.5	15.4	12.2	20.9
菲律賓	48.9	59.4	64.6	15.7	15.3	13.1	18.0
新加坡	55.3	58.1	55.3	0	14.5	11.9	23.6
泰國	55.4	57.4	57.7	2.3	13.6	8	13.5
越南	—	76.5	—	—	—	4.75	—
中國大陸	55.8	59.7	48.3	-7.5	13.3	9.4	19.6
香港	73.8	80.6	77.9	4.1	9	6.2	12.8
台灣	45.2	56.2	51.6	6.4	18.4	10.3	18.7
南韓	39.2	46.8	45.8	6.6	17.9	10.8	18.7
日本	30.5	43.2	42.6	12.1	18.8	11.6	19.6

如果從台灣對東亞十國（印尼、馬來西亞、菲律賓、新加坡、泰國、越南、中國大陸、香港、韓國、日本）的出口結構來看，其中75%均為半成品與零組件，更顯示台灣在東亞產業分工體系中，主要是扮演著半成品與零組件提供者的角色。

表五：台灣對東亞十國出口結構變化趨勢

單位：%

生產階段類別	2002	2003	2004	2005	2006	2007	2008	2009	2010
中間－半成品	34.78	34.15	33.31	33.87	30.62	31.95	32.78	32.41	31.40
中間－零組件	36.07	37.56	38.81	37.84	43.87	43.06	42.17	43.71	43.98
初級	0.55	0.54	0.58	0.60	0.71	0.75	0.75	0.60	0.55
最終－消費	7.20	6.83	5.88	5.57	4.84	4.62	4.69	5.45	5.13
最終－資本	19.92	18.96	18.49	17.33	15.37	14.19	12.57	12.62	14.06
未分類	1.47	1.96	2.94	4.80	4.60	5.42	7.04	5.21	4.87
總計	100.00	100.00	100.00	100.00	100.00	100.00	100.00	100.00	100.00

　　支持台灣成為工業產品零組件與半成品供應者的角色之重要因素在於，台灣本身在技術與研發方面在過去這一段期間有明顯的進步。以台灣所獲專利數來看，台灣經常名列世界前五名，因此在此專業化的國際生產網絡中，具有一定的重要性。

參、台韓商品在大陸市場結構分析

　　中國大陸自台灣的進口，以HS二位碼商品群來看，電機設備零組件及光學儀器為最重要的項目，2010年該兩類商品（HS 85、90）已占自台灣進口總值之61.5%。其中光學儀器進口值在過去十年大幅成長22倍，占台灣對中國大陸出口比重亦大幅提高，由3.22%提高到17.53%。就進口金額來看，則以電機設備及其零件（HS 85）金額最大，達到508億美元，占台灣出口額之43.96%，十年來出口金額成長了5.98倍。其次成長較快的項目有：有機化學產品，十年來成長7.5倍，塑膠及其製品，十年來成長31.86倍。整體而言，HS二位碼商品前十大類出口值即占台灣對大陸出口

之92.2%，商品集中度相當高。

中國大陸自韓進口結構亦以電機及光學儀器為主，2010年該兩類商品出口，以HS二位碼（HS 85、90）來看，占總出口比重達51.86%，約比台灣低10個百分點。過去十年此兩項出口金額分別成長24.6倍及114.9倍，成長幅度比台灣要高。其餘快速成長的項目還有：機器及機械用具，成長9.7倍，塑膠及其製品成長4.6倍、有機化學產品成長4.1倍。前十大類出口金額占其總出口之91.26%，集中度情形略低於台灣。

如果以同樣的資料來源觀察日本與中國大陸的貿易關係，則發現中國大陸自日本的進口，亦以電機設備及其零件為最重要，但占其對中國大陸總出口比重僅25.47%，明顯低於韓、台；其次名列第二、三、四的項目分別為機器及機械用具、車輛零件、精密儀器。與台灣明顯不同的是汽車及車輛零件為日本出口中國大陸第三大商品。在台灣，此項產品之出口排名不在前二十大名單內，在韓國則排名第八大。總計前十大產品占日本對大陸出口之84.8%，商品集中度亦明顯低於台、韓。

肆、台韓商品在陸市場競合分析

以產業結構而言，台灣對大陸出口商品，主要以資訊電子業之零組件為主，而其他產業也多集中於提供消費財生產之中間產品，因此台灣對大陸之出口模式明顯呈現產業上下游分工的特色。如按生產特性將產業區分為勞力、資本、技術人力及科技產業類型產品，2008年台灣出口大陸之商品比重較高者為：中度勞力密集、高度資本密集、高度技術人力及高科技之商品。如按世界銀行十大商品特性區分，台灣出口大陸主要集中於中間產品。

觀察整體製造業，台灣對大陸出口金額在過去幾年持續增加，但在大陸進口市場比重卻無明顯增加，顯示大陸進口市場成長得較快，台灣未能

擴張在大陸市場之占有率；從另一角度來看，台灣對大陸出口仍維持高度依賴，顯示台灣受大陸市場影響之風險持續不變。

從文獻來看，龔明鑫等（2009）利用出口擴張能力指標（TRE指標），觀察台、韓在大陸市場的表現，發現就短期趨勢來看，台灣整體出口表現落後於韓國，但仍有部分產業表現優於韓國，如飲料製造業、菸草製造業、非金屬礦物製造業、紙、紙漿及紙製品、電腦、電子產品及光學製品製造業、汽車及其零組件製造業、家具製造業等。[1] 就長期趨勢而言，台灣自2001年起出口擴張能力一直不如韓國，雖然近幾年台灣在電子零組件的出口表現不遜於韓國，但產業成長之全面性不足，落後較多之部門包括電腦、電子產品及光學製品製造業、電力設備與機械設備、金屬製品製造業與其他運輸工具製造業等，因此出口表現落後韓國。

就台韓商品在大陸顯示的比較優劣勢來看，台、韓商品呈現相互競爭態勢者只有約四分之一項目，其餘如：精煉石油、氫氣、環烴、多元羧酸、黏合劑、丙烯、聚醯胺、塑膠皮、其他鉤針織品、螺釘、螺帽、鋁板、手工具、印刷板、鍋爐外殼傳動軸、電話機、電子器具零件、二極體、積體電路、光學透鏡、液晶裝置、示波器、運動用品等，則是台韓商品同時大幅度成長，[2] 且彼此相對優劣勢未明顯改變的項目，因此可以推論這些商品主要是因為大陸需求成長較大，或台韓商品可能具有互補合作的關係，以致對大陸出口同時大幅度成長。

儘管由顯示性相對比較優劣勢[3] 趨勢值來看，台韓商品呈現相互競爭態勢者不少，然而如果進一步深入到對個別產品品質差異之觀察，則可以

---

[1] 龔明鑫等（2009），「全球化下台灣出口依賴度及集中度等相關問題之整合研究」，台灣經濟研究院。

[2] 杜巧霞（2011），「從產業競合關係論中、日、韓經濟整合與對我國區域參與之政策意涵」，中華經濟研究院。

[3] 相對比較優勢的相關說明請見本文最後之註解說明。

發現多數台韓商品在品質上有所差異，因此彼此仍然具有合作的空間。

面對未來的經濟整合，中國大陸現存的關稅障礙是雙方必定考慮的重要因素，如果關稅較高，可能誘使台韓積極與中國簽署FTA，以取得進入市場之優惠。反之，則誘因較小。而雙方商品在大陸市場品質之差異，亦可能使取得優惠待遇後的影響有所不同，例如：如果雙方商品品質相去不遠，可能互為競爭對手，在優先取得FTA優惠待遇下，對對方的負面影響較大；反之，如果雙方商品互為不同商品，則取得優惠關稅對另一方的負面影響較小，而此類商品亦是未來雙方可以加強合作的項目。

以下主要就台韓商品目前在中國大陸有被課稅的項目，進行雙方商品價格競爭之分析，並以台韓產品平均價格相差15%以內視為同質性產品，[4] 對於價格差距超過15%以上視為差異化產品。其中差異化產品具有合作之空間，同質性產品則屬相互競爭之對象。所觀察的對象，以HS八位碼商品而言達200項，以金額言，達中國大陸自台灣進口總值468.5億美元，占中國大陸自台進口之37.5%，如果另外加上台灣商品在大陸已是零關稅的項目，則占中國大陸自台灣進口之91%。而在此200項商品中，台韓商品屬於同質性者有214.6億美元，占比重45.8%。換言之，台韓商品雖然同時對中國大陸出口，但其中有54.2%皆因品質差異而屬不同產品，未來在FTA簽署後，可能形成的負面影響不若想像中的大。以下就主要類別來看台韓商品在大陸市場的競合關係：

一、化學及相關化工產品

以化工產品而言，台韓雙方在中國大陸市場呈現同質性的項目，主要是無機及有機化學品、鞣革或染色用萃取物、精油及樹脂狀物質、蛋白

---

[4] 請參閱Greenaway and Milner (1994), Country-specific factors and the pattern of horizontal and vertical intra-industry trade in the UK.

狀物質、感光或電影用品、雜項化學產品等23項。其中部分產品如：對苯二甲酸，台韓產品平均價格相當接近，屬於相互競爭項目。反之，粗製凝乳酶及其濃縮物（HS 37071000），韓國該產品平均價格為台灣近五倍之多，雙方屬於不同產品，未來具有合作機會，其餘雙方價格差距超過15%以上者包括有：矽（HS 28064190）、鈦白粉（HS 32061110）、溶於水之聚胺酯類油漆（HS 32089010）、其他印刷油墨（HS 32151900）、其他食品或飲料用混合香料（HS 33021090）、以橡塑膠為基本成分的料合劑（HS 35069190）、蛋白狀物質（HS 35069900）、感光或電影用品（HS 37071000）等，總計約占化工產品之12%。圖二為台韓化學工業產

圖二：台韓化學品在中國大陸市場之價格競爭情勢

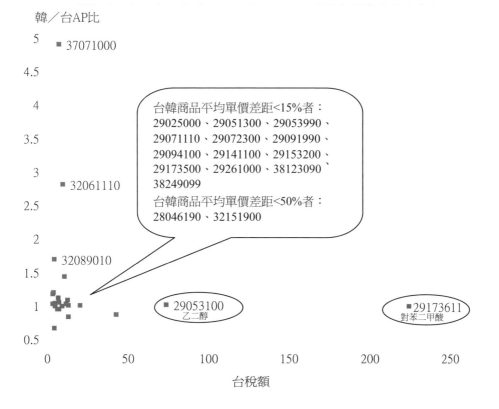

品在中國大陸市場的相對價格與分布，縱軸表示韓國商品單價相對於台灣商品單價，距離1愈遠，表示台韓商品的平均單價差距愈大，彼此應屬非相互競爭商品，反之，距離1愈近，雙方商品品質愈類似，彼此應屬相互競爭商品。橫軸表示中國大陸自台灣進口值乘以關稅率的值，即台灣商品所付出的關稅額。在橫軸上，距離0愈遠，表示台灣對大陸出口該商品值愈多，或中國大陸的關稅率愈高，反之，則出口值較小，或中國大陸的稅率很低，日後如果中韓降稅，對台灣的不利影響較小（以下圖三至圖五亦同）。

二、紡織品及紡織製品

中國大陸自台韓進口的紡織製品主要包括合成纖維絲束、含合成纖維棉梭織物、用塑膠浸漬或黏合之紡織物、針織或鉤針織圈絨織物等13項，其中屬於同質產品者有：聚醯胺-6紡製的其他單紗（HS 54024510）、其他長聚酯非變形長絲布（HS 54076100）、聚丙烯腈長絲絲束（HS 55013000）、其他純聚酯布（HS 55121900）；屬於非同質性商品者有：其他定向聚酯紗線（HS 54024600）、染色的純尼龍布（HS 54074200）、染色的純聚酯變形長絲布（HS 54075200）、經浸漬處理的其他紡織品（HS 59032090、59039090）、化纖製針織編織物（HS 60019200）、彈性紗線（HS 60041030）、染色棉製其他針織物（HS 60062200）、染色合成纖維針織物（HS 60063200），占此類商品之52%。

圖三：台韓紡織品在中國大陸市場價格競爭情勢

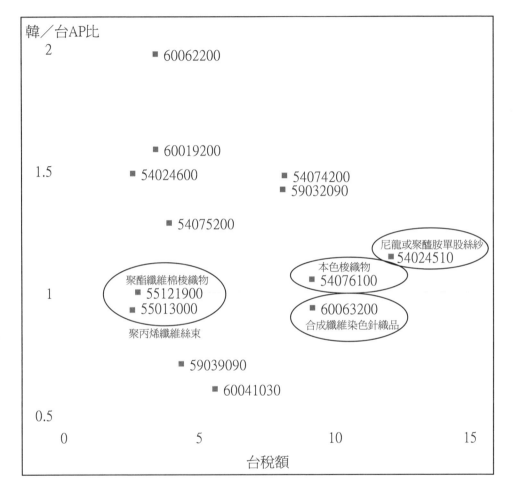

三、石料、水泥、玻璃或類似材料之製品

　　中國大陸自台韓進口之石料及玻璃製品主要包括未列名石製品及其他礦物製品、鑄製及軋製成片或成形玻璃、浮式平板玻璃及磨光平板玻璃、玻璃纖維及其製品等十項。其中除了不含金屬之玻璃片（HS 70031900）以外，其餘皆為台韓平均價格差距在15%以上的差異性商品，包括碳纖維工業用礦物製品（HS 68159920）、其他碳纖維製品（HS

68159939）、碳布（HS 68159931）、有吸收層非夾絲浮法或拋光玻璃
（HS 70051000）、經其他加工的玻璃（HS 70060000）、玻璃長絲平紋
織物（HS 70195200）、其他玻璃纖維及其製品（HS 70199000）、導電
玻璃（HS 70200011）、其他非工業用玻璃製品（HS 70200099）等，占此
類商品之92.9%，是雙方具有合作商機的項目。

圖四：台韓石料在中國大陸市場價格競爭情勢

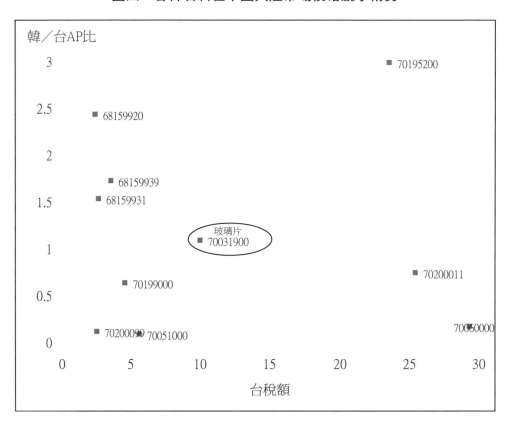

四、機器及機械用品

中國大陸自台韓進口之機器及機械用品主要包括液體升送器、研光機或其他滾軋機、洗碗碟機、複印機及傳真機、供製造覆地物所用基層織物或支撐層漿料塗布之機器、縫紉機、切削任何材料加工之工具機、金屬加工用綜合加工機、切削金屬用車床、硬質塑膠或類似硬質材料加工工具機、裝有電力或非電力之原動機者、傳動軸及曲柄、專供或主要供製造半導體晶柱或晶圓及平面顯示器之機器及器具、電動機及發電機、變壓器、蓄電池、無線電廣播或電視之傳輸器具、燈絲電燈泡或放電式燈泡、原電池組及蓄電池之廢料及碎屑等43項。

其中，台韓平均價格相差15%以內的產品有八項，包括其他網式印刷機（HS 84431929）、家用型縫紉機用其他零件（HS 84529019）、臥式加工中心（HS 84571020）、加工木材等材料的剖、切或刮削機器（HS 84659600）、其他處理金屬的機械（HS 84798190）、其他混合、研磨、篩選、均化等機器（HS 84798200）、其他稅號未列名機器零件（HS 84879000）、銅製繞組電線（HS 85441100）等，其餘皆屬雙方品質不同的商品。如圖五資料分布狀況所示，韓國許多機器及機械用具產品平均價格遠高於台灣，如切削金屬的其他數控銑床（HS 84596190）、非特種用途的其他電視攝像機（HS 85258013）、其他包裝或打包機器（HS 84224000）等35項，均為雙方不同質商品，占此類商品之82.6%，是未來雙方可以合作的項目。

此外，皮革製品、加工食品、精密儀器、雜項製品等，雙方品質不同之商品均占多數，亦是未來具有合作空間的項目。

圖五：台韓電機、電子商品在中國大陸市場價格競爭情勢

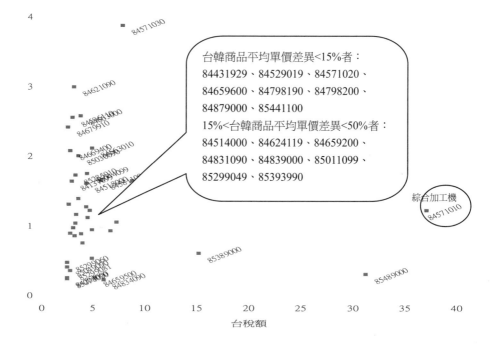

伍、結語

隨著科技與全球化的產業分工，過去二十多年來，已開發國家及台韓等新興工業化國家展開活躍的對外投資，在東亞地區建構了細緻的產業分工體系，其中台韓扮演著零組件與半成品主要供應者的角色，中國大陸則是重要的加工中心。隨著中國大陸快速發展與成長，台韓商品在中國大陸均有亮麗表現，但近年來韓國商品表現更佳。本文針對台韓商品在大陸市場，目前有關稅的項目加以分析，發現台韓商品屬於不同質的商品比例達54.2%，顯示台韓商品在大陸的重疊性雖然高，但是彼此間仍然有一半以上屬於不同品質商品，尤其是在機器或最終產品方面，雙方的差異明顯，這可能是由於國際生產網絡中，台韓商品在中國大陸各自具有不同優勢，開發出不同的市場需求。

就個別商品群組來看，化工原料是彼此競爭性最高的商品，約80%以上均為台韓相互競爭項目；紡織品及紡織製品則台韓各有約一半分屬於彼此相互競爭或合作的項目，其中主要競爭的項目是聚酯纖維、合成纖維、尼龍、聚丙烯纖維、本色梭織物等，在染色棉布、染色尼龍布、染色合成纖維針織物、化纖編織物、彈性紗等加工層次較多的紡織製品，則呈現彼此產品的差異，惟價格差異的程度並非很大。在石料及玻璃方面，除了玻璃片以外，雙方均是差異化商品，因此合作的空間明顯擴大。而機器及機械用品則顯示雙方商品有明顯的差距，而且約82.6%的商品，如：切削金屬的數控銑床、電視攝影機、打包機、傳動軸、電氣零件、鑽孔機等，彼此商品均有極大差異，故亦是未來雙方合作潛力最大的領域。

經濟整合是當前世界的主流趨勢，中韓均有意與中國大陸加強整合，但是就三方在經濟整合已經展開的接觸經驗來看，台韓雙方亦有一些顧忌，因此雙方對彼此的經濟整合談判均異常關注。經由本研究顯示，即使未來台韓均與中國大陸簽署FTA，台韓之間仍有很多合作機會。事實上在

國際產品分工愈來愈細緻化的趨勢下，市場競爭與專業化分工均為各國必須面對的課題，加強合作可以促進彼此充分利用專業化分工的經濟效益，故雙方不妨以更正面的角度共同參與區域經濟整合。

補述

　　註3說明：相對貿易優勢是改良的顯示性比較優勢（RCA）。由於RCA計算式中只考慮了出口，未考慮進口，難以顯示真正的進出口貿易狀況，因此可以將RCA算式再加以修正而成為相對貿易優勢指標（Relative Trade Advantage, RTA），其計算公式如下：

$$RTA = (X_{ai}/X_{bi})/(X_{a(n-i)}/X_{b(n-i)}) - (M_{ai}/M_{bi})/(M_{a(n-i)}/M_{b(n-i)})$$

其中，X_{ai}代表a國i產業（品）的出口值；

X_{bi}代表b國i產業（品）的出口值；

$X_{a(n-i)}$代表a國除i產業（品）以外的所有其他產業（品）的出口值；

$X_{b(n-i)}$代表b國除i產業（品）以外的所有其他產業（品）的出口值；

M表示進口，下標註腳的含義同出口。

　　RTA指標為正值，表示a國i產品（業）出口具有比較優勢，值愈大表明比較優勢愈明顯；RTA指標為負值，表示具有比較劣勢，值愈小表明比較劣勢愈顯著。從RTA的經驗數據來看，$RTA > 1$，表示具有非常強的比較優勢；$0 < RTA < 1$，表示具有一般比較優勢；$-1 < RTA < 0$，表示處於一般比較劣勢；$RTA < -1$，表示處於非常大的比較劣勢。

參考書目

一、中文部分

杜巧霞（2011），「從產業競合關係論中、日、韓經濟整合與對我國區域參與之政策意涵」，中華經濟研究院。

龔明鑫等（2009），「全球化下台灣出口依賴度及集中度等相關問題之整合研究」，台灣經濟研究院。

二、英文部分

Greenaway and Milner (1994), Country-specific factors and the pattern of horizontal and vertical intra-industry trade in the UK.

台韓商合作：機會與挑戰

李焱求

（韓國培材大學教授）

摘要

本研究以一般貿易形式進行的進口統計數據為依據，針對韓國產品在中國大陸內銷市場的表現進行比較分析。分析發現韓國和台灣占中國大陸進口市場份額雖高，但與其他國家相比，其在中國大陸內銷市場上的份額較低。本研究將中國大陸進口市場以加工層次來分析，顯示韓國和台灣都是中間產品，尤其中間半成品比重偏高。中國大陸的最終產品內銷市場而言，韓國的資本財市場占有率落後於台灣，而消費財市場占有率領先於台灣。

韓國與台灣在中國進口內銷市場上展開競爭，尤其是塑料產品、電子通訊零件、石化原料、非鐵金屬和精密機器等領域。今後經濟合作架構協議（ECFA）後續協商進程愈快，韓台競爭有可能進一步激烈。然而，韓國與台灣在加工層次不同的領域方面，可以摸索兩國間合作的空間。

關鍵詞：台韓商、中國大陸、進口市場、內銷市場

壹、前言

　　全球金融危機後，中國政府強調經濟增長方式轉變，從過去以投資與出口為主的增長方式，轉變於以內銷市場為導向的經濟增長方式。對於韓國與台灣等較依賴中國貿易的國家而言，中國大陸的經濟增長方式會帶來正面的或負面的影響。如果將中國大陸的龐大內銷市場開拓好，將成為韓國和台灣的機會，但是在貿易部門，加工貿易的份額逐漸縮小，在中國進口市場上，韓國與台灣的加工貿易比重相較其他國家偏高的情況下，需要應對中國的加工貿易縮小政策。

　　從韓國和台灣的貿易結構而言，是在不少領域會衝突。兩國都是對中國大陸的外貿依存度較高。2010年，韓國對中國貿易收支達到453億美元，增長率達34.8%，且對中貿易收支總額高於韓國貿易收支總額412億美元，顯示對中貿易依存度相當高。台灣對中國大陸出口份額高達45.2%。並且，出口的產品皆以半成品和零部件為主，尤其是在塑料產品、石化原料、電子通訊零件和精密機器等領域上競爭較激烈。

　　本文將圍繞中國大陸內銷市場，尤其是兩國在中國一般貿易進口市場上的市場份額，探討韓國與台灣兩國在哪些領域上的競爭比較激烈，以及合作的空間。

貳、台韓對外貿易現狀

一、韓國對外貿易

　　根據統計資料，2011年韓國進出口貿易總額超過1萬億美元，出口總額高達5,552億美元，出口總額達5,244億美元（參見圖一）。韓國成為世界第九個外貿總額突破萬億美元的國家。從1988年首次突破千億美元以來，23年間增加了將近十倍。

圖一：韓國對外貿易現狀（2000至2011）

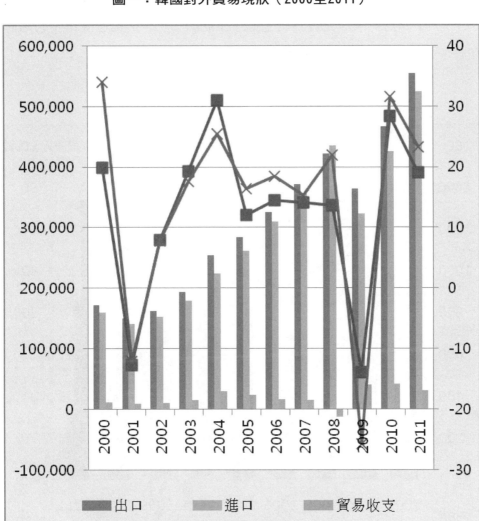

資料來源：韓國貿易協會，韓國貿易統計。

　　2008年以來，接連發生的全球金融危機和歐美債務危機，導致外部需求明顯縮減的情況下，韓國出口依然保持增長，主要來自對中國的貿易量增長相關。2003年以來，中國為韓國最大出口國，在韓國對外貿易中的

中國份額從1992年4.0%上升到21.1%。其中，對中出口占韓國出口總額的25.1%，中國為韓國最大貿易順差國（參見圖二）。這種過度集中的結構在將來可能是韓國最大的隱憂。

圖二：韓國對中國大陸貿易現狀（2003至2011）

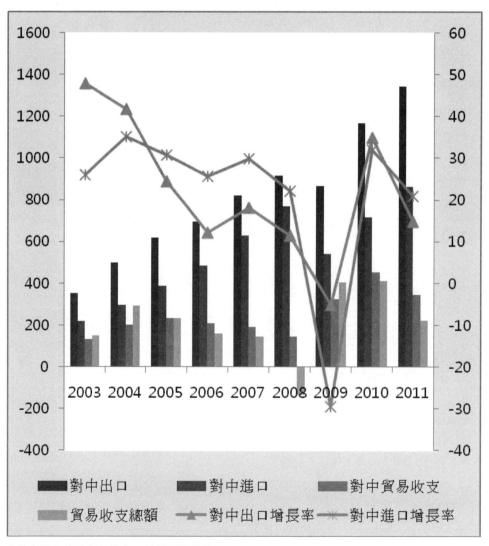

資料來源：韓國貿易協會，韓國貿易統計。

二、台灣對外貿易

台灣由於2008年金融危機，歷經2009年衰退，但之後開始逐步回升。及至2011年，台灣對外貿易創歷史新高，全年進出口貿易總額達5,899億美元，同比增長12.18%。出口總額為3,083億美元，增加337億美元，增幅為12.3%。隨後，又因歐債危機和先進國家等外部需求不振等因素而下滑（參見圖三和表一）。

圖三：台灣對外貿易現狀（2000至2011）

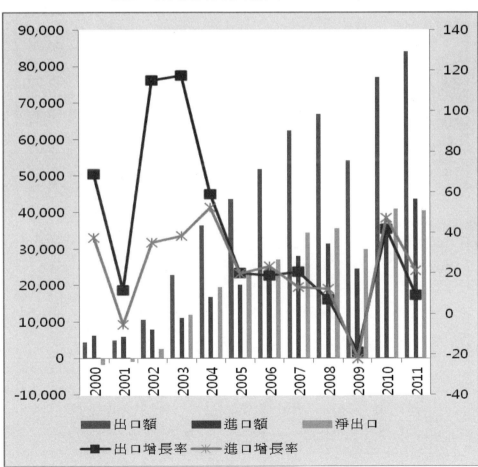

資料來源：財政部統計處。

　　2011年，台灣與中國兩岸貿易總額為1,600.3億美元，同比增長10.1%。根據財政部統計數據顯示，台灣對中出口份額呈逐年上升趨勢（參見圖四）。從2000年24.4%到2011年45.2%，大約增長一倍（參見表一）。可見，台灣對中國大陸的貿易依存度偏高。

圖四：台灣對中國大陸貿易現狀（2000至2011）

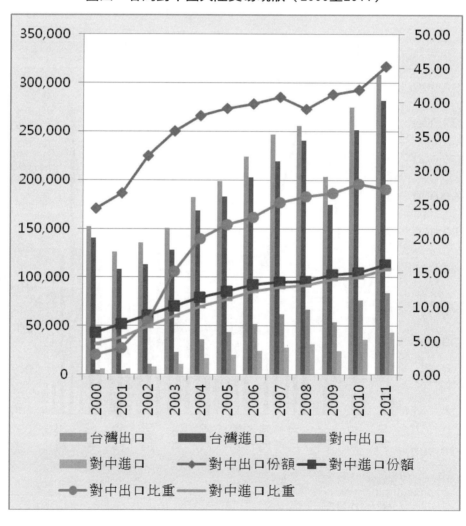

資料來源：財政部統計處

表一：台灣對中國大陸貿易現狀（2000至2011）

單位：百萬美元，%

	對中出口份額	對中進口份額	台灣出口	台灣進口	對中出口	對中出口比重	對中進口	對中進口比重
2000	24.40	6.10	151,950	140,732	4,391	2.89	6,229	4.43
2001	26.60	7.40	126,314	107,971	4,895	3.88	5,903	5.47
2002	32.10	8.70	135,317	113,245	10,527	7.78	7,969	7.04
2003	35.70	10.10	150,600	128,010	22,891	15.2	11,018	8.61
2004	38.00	11.30	182,370	168,758	36,349	19.93	16,792	9.95
2005	39.10	12.20	198,432	182,614	43,644	21.99	20,094	11
2006	39.80	13.20	224,017	202,698	51,809	23.13	24,783	12.23
2007	40.70	13.60	246,677	219,252	62,417	25.3	28,015	12.78
2008	39.00	13.70	255,629	240,448	66,884	26.16	31,391	13.06
2009	41.10	14.70	203,675	174,371	54,249	26.63	24,423	14.01
2010	41.80	15.00	274,601	251,236	76,935	28.02	35,946	14.31
2011	45.20	16.10	308,326	281,606	83,965	27.23	43,607	15.49

資料來源：財政部統計處。

註：對中出口份額包括香港和澳門的數據。

參、基於進口市場看中國大陸內銷市場

一、中國大陸內銷市場

　　2011年，全球經濟復甦乏力的情況下，中國的對外貿易進出口表現良好，進出口創歷史新高。2011年，中國對外貿易總額達到36,420.59億美元，同比增長22.5%。其中，中國出口總額達到18,986億美元，同比增長20.3%，中國進口總額達到17,434.6億美元，同比增長25%。

　　從圖五可以看出，2000年以來，中國的對外貿易呈上升趨勢。雖然

2008年的金融危機給中國對外貿易帶來深遠影響，並使得2009年中國對外貿易出現大幅下降，但2010年，中國對外貿易基本上實現了復甦，並且到了2011年創歷史新高。

図五：中國大陸對外貿易現狀（1999至2012年第一季）

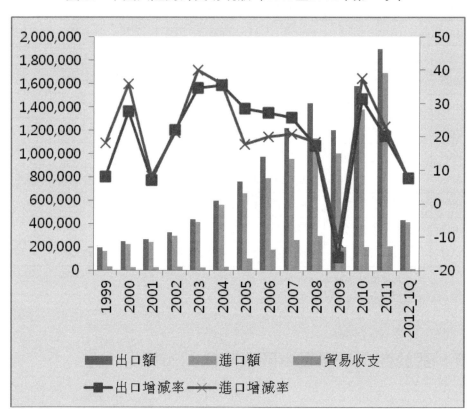

資料來源：2011年中國統計年鑑、中國國家統計局。

中國作為全球第二進口市場，其規模呈逐年擴大的趨勢。圖六為中國的主要進口對象國和份額。2010年，中國進口最多的國家為日本，占中國進口市場的12.8%，韓國僅次於日本，占中國進口市場的10.0%，台灣、美國、德國的份額分別為8.4%、7.8%和5.4%。

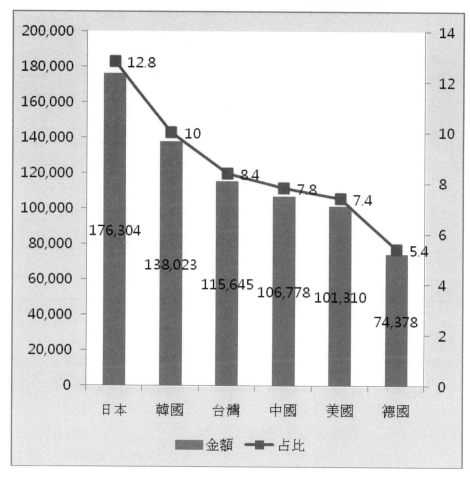

圖六：中國大陸進口市場的主要對象國與份額

資料來源：韓國貿易協會、中國貿易統計。

　　中國進口市場的主要進口產品如表一所示，按照HS 2位碼分類的話，最大進口產品為HS 85（機電與零部件），占進口總額的22.9%。還有HS 84（機械與零部件）、HS 29（有機化學產品）、HS 90（光學機器與零部件）、HS 39（塑料產品）等進口產品為韓國與台灣兩國的主要競爭領域。

表二：中國大陸主要進口產品與增減率（2010至2011）

（單位：百萬美元，%）

	HS 2位碼	2010年		2011年	
		金額	增減率	金額	增減率
1	HS 85	388916	29.1	445822	14.6
2	HS 84	309958	31.4	353905	14.2
3	HS 61	66707	24.1	80183	20.2
4	HS 62	54363	16.3	63081	16
5	HS 90	52161	34	60744	16.5
6	HS 94	50610	29.9	59373	17.3
7	HS 73	39170	15.9	51234	30.8
8	HS 87	38408	37.4	49610	29.2
9	HS 39	34714	37.3	45450	30.9
10	HS 89	40285	42.3	43720	8.5

資料來源：韓國貿易協會、中國貿易統計。

其中，HS 85（機電與零部件）部分，台灣的份額為最高，達到16.2%，韓國15.5%、日本14.3%，顯示韓台日在機電領域的競爭力。

圖七：HS 85

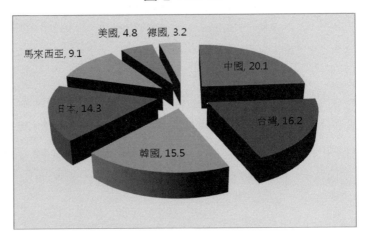

　　除了HS 85（機電與零部件）外，HS 29（化學產品）、HS 90（光學機器與零部件）、HS 39（塑料產品）等產品為韓國與台灣在中國進口市場上具有競爭力的領域。化學產品（HS 29）的主要進口對象國韓國、台灣和日本的比重分別為19%、16%和14.3%，三國的比重高達50%。光學機器與零部件（HS 90）亦為韓國對中國最大出口的產品之一，占中國進口市場的四分之一，台灣則僅次於韓國，占中國進口市場的22.6%。塑料產品（HS 39）也是韓國、台灣和日本等三國的比重較高，超過中國進口市場的一半。可見，韓國和台灣在中國進口市場的機電、機械、化學、光學和塑料產品領域上處於競爭狀態。

圖八：主要進口對象國對HS 84、HS 29、HS 90、HS 39之市場分額

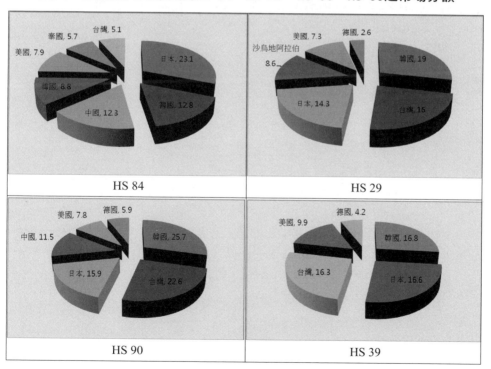

HS 84

HS 29

HS 90

HS 39

資料來源：Seungshin Lee et al. (2011), *Strategies to Promote Trade and Investment between Korea and China*（韓文），KIEP.

二、在中國內銷市場上的台韓競爭

　　分析中國的內銷市場，需要將一般貿易和加工貿易分開探討。中國隨著推進內銷主導的經濟增長戰略，以及加工貿易的限制和加工企業的轉變等變化，而開始出現加工貿易比重減少、一般貿易比重增加的趨勢。[1]

　　圖九顯示主要國家在中國內銷市場上的份額。此份額排除當地加工後出口到第三國家的加工貿易的部分。因此，可以說明內銷用的進口市場的份額。以中國最大進口對象國日本而言，內銷市場份額也最高，達到11.6%。而中國進口市場的第二、三大對象國韓國和台灣的情況不理想，韓國內銷市場份額從2006年的8%，到了2010年下降到5.9%，台灣則從2006年的5%，到了2010年下降到3.8%，與其他國家相比較低。中國進口市場占有率低於韓國和台灣，美國和德國在中國內銷市場占有率分別為8.3%和7.5%。

---

[1] 2007年，中國啟動了加工貿易的轉型升級。2011年，中國對外貿易方式得到改善，出口方面，2006年，中國一般貿易出口占出口總額的43%，到了2011年增加到48.3%。進口方面，從2006年的42%，到2011年的57.8%，增加了15.8個百分點。

圖九：主要國家的中國大陸內銷進口市場占比（2006至2010）

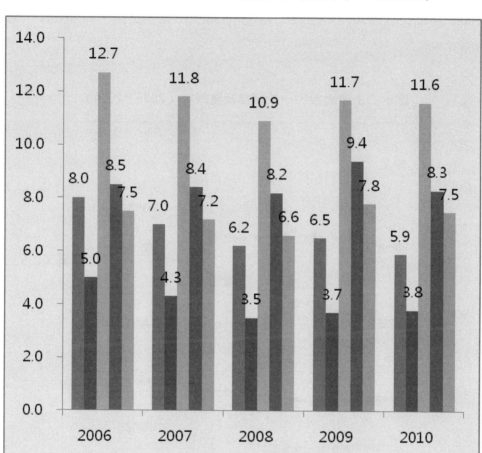

資料來源：韓國貿易協會、中國貿易統計。

　　可見，加工貿易比重較高的韓國和台灣，在中國內銷市場上落後於其他國家，也說明為了打入中國內銷市場，需要改變目前偏重於加工貿易的結構，而更需要一般貿易的增長。

　　圖十顯示主要國家在對外貿易上的一般貿易比重趨勢。德國、美國、日本等國一般貿易占對外貿易的比重逐年上升，都超過50％。而韓國和

台灣的比重較低，分別為32.7%和25.3%。但是，韓國的一般貿易比重從2006年的29.8%到2009年的33.7%，僅增加了3.9個百分點，而2010年下降到32.7%。

圖十：主要國家的一般貿易比重趨勢（2006至2010）

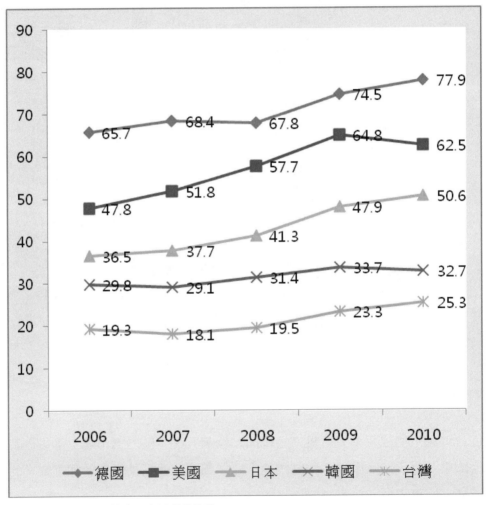

資料來源：韓國貿易協會、中國貿易統計。

　　為了更詳細的瞭解中國內銷市場的主要國家的表現，將一般貿易分成第一產品，中間產品和最終產品等加工階段來分析。圖十一為基於加工階段觀察主要國家在中國內銷進口市場的占比。

圖十一：加工階段別主要國家的中國大陸內銷進口市場占比（2010）

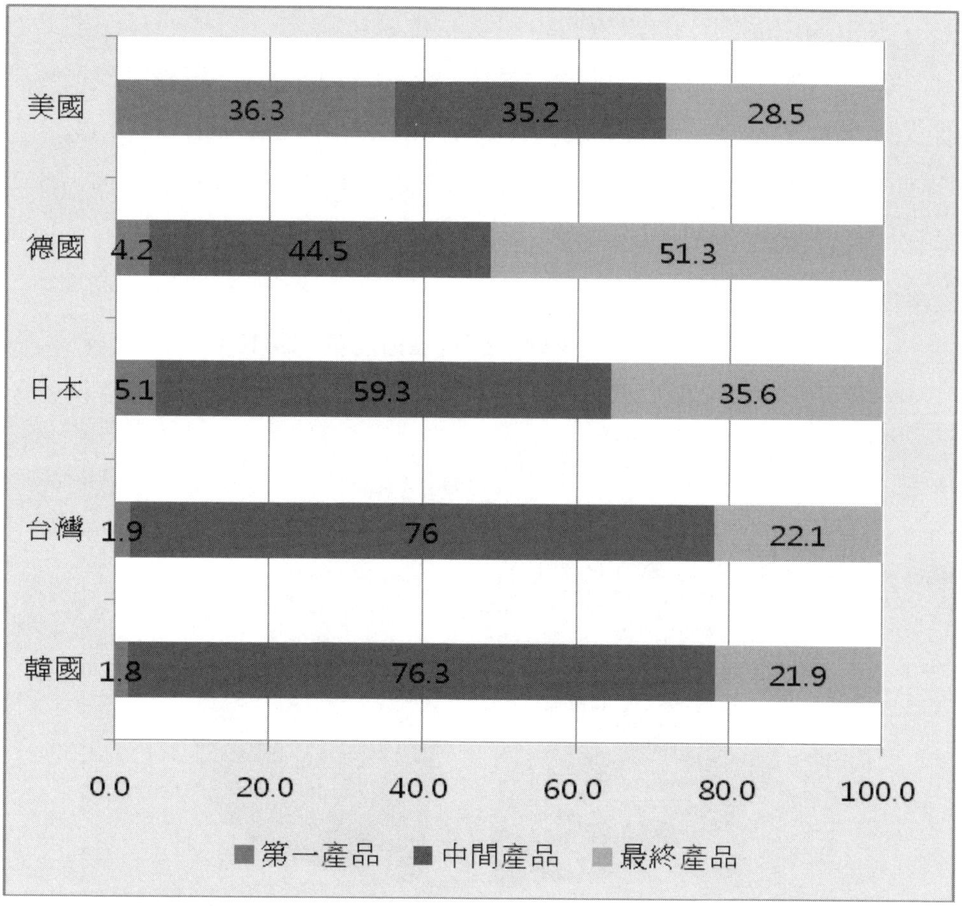

資料來源：韓國貿易協會、中國貿易統計。

　　2010年，韓國、台灣和日本在中國內銷進口市場的中間產品比重較高，其比重分別為76.3%、76%和59.3%。這表示韓國、台灣和日本

在開拓中國內銷市場上，中間產品扮演重要角色。而至最終產品，日本（35.6%），美國（28.5%）和德國（51.3%）的比重都高於韓國（21.9%）和台灣（22.1%）。

　　2010年，韓國對中國內銷，中間產品出口額高達288.3億美元，比2009年同期增長了26%。以出口額看，對中國出口最多的產品為石化原料，占中間產品出口的27%。2010年石化原料的出口額將近78億美元，比2009年同期增長14.3%。此外，塑料產品、石油產品、鋼鐵、機械零部件、汽車零部件等，份額分別為16.6%、13.2%、9.2%、8.1%、7.1%。在中國內銷中間產品市場，石化、鋼鐵、機械、電子和汽車零部件等，都與中國內銷激勵政策推出後，基礎建設需要擴大進口產品有關。

圖十二：韓國主要中間產品與比重（2010）

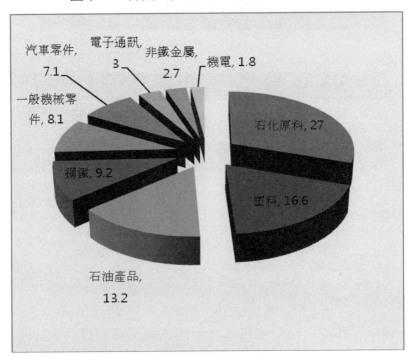

資料來源：韓國貿易協會、中國貿易統計。

　　圖十三是韓國對中國出口的主要最終產品。2010年，對中出口的最終
產品高達82.9億美元，比2009年同期增長52.9%。尤其，主導對中出口的
最終產品為精密光學機器，比2009年同期增長35.7%，交通運輸、一般機
械和特殊機械、機電、電子通訊等也快速增長，其增長率分別為63.1%、
68.2%、74.1%、32.7%、75.6%。

圖十三：韓國主要最終產品與比重（2010）

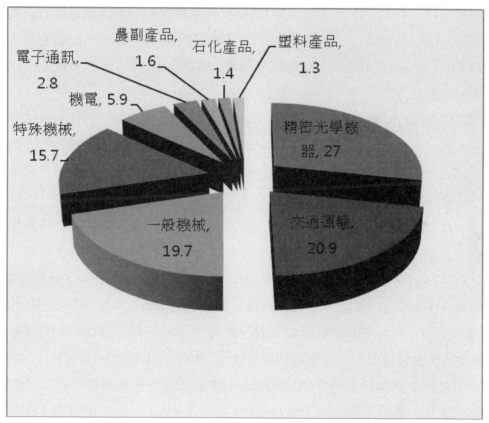

資料來源：韓國貿易協會、中國貿易統計。

　　其中，精密光學機器占對中出口最終產品比重達27%，交通運輸、一般機械、特殊機械等的比重都達兩位數以上，份額分別為20.9%，19.7%，15.7%，而且，這四大最終產品的比重高達84.3%，與中間產品結構相比，相對集中（參見圖十三）。

　　圖十四是2008年和2010年，韓國與台灣的中間產品市場份額的比較。本文將主要以韓國市場份額變化較大為分析重點。其中，塑料產品在韓國的市場份額從2008年19.4%，到2010年19.8%，增加了0.4個百分點，而台灣從13.2%到12.9%，下降了0.3個百分點。其中，台灣市場份額最高的產品為HS 390810、 HS 390720、 HS 390130、HS 390330，份額分別為43.7%，25.1%，49.9%，韓國市場份額則僅次於台灣。除了六個產品以外，韓國占首位。

　　石化原料為韓國出口規模最大的中間產品，且韓國競爭力比較強的產品。然而，韓國的市場份額從17.4%到13.6%，減少了3.8個百分點，台灣則從12.2%到12%，下降了0.2%個百分點，是將來有可能與台灣競爭較激烈的產品之一。

　　在對中出口最終產品中，精密光學機器的對中出口額達22.39萬美元，是最終產品出口最大的產品。然而，精密光學機器的市場份額從11.9%下降到10.1%，台灣則從4.4%上升到6.9%。尤其，HS 901380占韓國全精密光學機器出口的68.5%，韓國市場份額為33.5%，保持中國內銷市場的首位。但是，市場份額第三位的台灣，從14.8%上升到24.1%，超越日本，因此將來有可能是與韓國競爭較激烈的產品（參見圖十五）。

　　塑料產品是韓國對中出口規模1.1億美元，中國內銷最終產品出口排行第九的產品。韓國的市場份額從13.8%下降到10.7%，而台灣小幅增加（6.3%升至6.5%）。尤其，HS 392410為韓國市場份額第一的產品，到了2010年，市場份額大幅下降（48.1%降至28.8%），台灣則大幅上升（8.3%升至21.1%），與韓國基本持平。預估將來兩國在中國市場上的競

爭將日益激烈（參見圖十五）。

圖十四：韓台競爭：中間產品

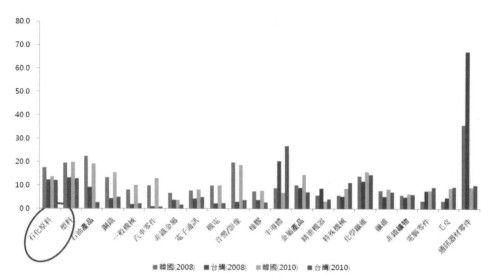

■韓國(2008)　■台灣(2008)　■韓國(2010)　■台灣(2010)

圖十五：韓台競爭：最終產品

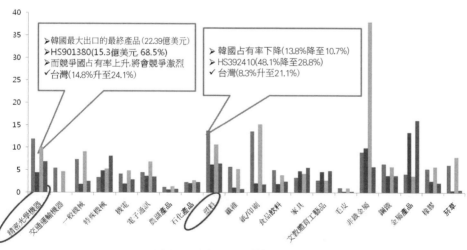

➤韓國最大出口的最終產品(22.39億美元)
➤HS901380(15.3億美元, 68.5%)
➤而競爭國占有率上升,將會競爭激烈
✓台灣(14.8%升至24.1%)

➤ 韓國占有率下降(13.8%降至10.7%)
➤ HS392410(48.1%降至28.8%)
✓ 台灣(8.3%升至21.1%)

■韓國(2008)　■台灣(2008)　■韓國(2010)　■台灣(2010)

肆、結論

　　如上分析，在中國大陸中間產品內銷市場上，塑料和石化原料會是韓台兩國競爭較激烈的領域。目前，韓國的競爭力雖占上風，但與台灣的競爭會日益激烈。對塑料產品而言，出口額1億美元以上的11項各產品中，韓國在五項產品上占第一位。但韓國的市場份額上升趨勢緩慢，且台灣的市場份額僅次於韓國和日本，具有產業競爭力。因此，台灣有機會與中國大陸合作。尤其是台灣與中國之間的ECFA成熟之後，HS 390120、HS 390210、HS 390230等的競爭力會提高。石化原料也是目前韓國產品競爭力略高於台灣，但金融危機後，韓國的市場份額逐步下降。台灣的市場份額雖然下降，其降幅微小，將給韓國出口帶來負面影響。

　　在中國大陸最終產品內銷市場上，精密光學機器與塑料是競爭領域。精密光學機器對中國大陸出口額達22.4億美元，是最終產品內銷市場的最大出口產品，其中日本、德國和美國等國的市場份額較高。尤其，HS 901380占韓國對中國大陸全精密光學機器出口的68.5%，韓國市場份額高達33.5%。然而，近來台灣的競爭力提升，且今後ECFA後續協商進程愈快，韓台競爭有可能進一步激烈，也將成為韓國的主要競爭對手。但是，韓國與台灣在精密光學領域上加工層次不同，可以摸索兩國之間合作的空間。

參考書目

Lee, Seungshin et al. (2011), *Strategies to Promote Trade and Investment between Korea and China*（韓文），（首爾：對外經濟政策研究院）。

中國區域市場研究組（2010），中國未來內銷市場形成戰略與啟示（首爾：對外經濟政策研究院）。

中國統計出版社，2011中國統計年鑑。

中國海關總署，<http://www.customs.gov.cn>。

中國國家統計局，<http://www.stats.gov.cn>。

中華經濟研究院，<http://www.cier.edu.tw>。

統計廳，<http://www.kostat.go.kr>。

國家發展和改革委員會，「國民經濟和社會發展第十二個五年計畫綱要」。

鄭智賢、李焱求（2011），中國廣東省出口加工企業之內銷市場現況與啟示（首爾：對外經濟政策研究院）。

鄭煥宇（2011），基於中國加工層次進出口結構看中國內需市場變化與啟示（首爾：韓國貿易協會）。

韓國貿易協會，<http://www.kita.net>。

韓台FTA簽訂主體的法律問題

金明峸

（韓國法制研究院比較法制研究室副研究委員）

摘要

　　以海峽兩岸經濟合作架構協議（ECFA）為例，相比更緊密經濟夥伴協議（CEPA）的法律性質特點更加複雜。因為中國國內法中不存在對台灣的「基本法」型態的法律，大陸政府對台灣的政治、經濟、外交、軍事沒有統治權。

　　韓國政府針對簽訂自由貿易協議（FTA）而對農漁業、製造業及服務業造成的損害，制定援助對策，正在實施「關於因簽訂自由貿易協議援助農漁業從業者等的特別法／施行令／施行規則」其目的在於緩和對各產業領域衝擊，並引進貿易調整援助制度。

　　台韓間FTA議題仍未得到應有重視，尤其應關注相關國內法規的配合與調適。

關鍵詞：台韓FTA、貿易救濟制度、保障措施協定、反傾銷

壹、關於韓國－台灣FTA簽訂主體的法律問題

一、韓國作為FTA簽訂主體的法律性質

　　韓國和朝鮮在2000年12月16日的南北部長級會談上，為具體實踐2000年6月在南北共同宣言達成一致的經濟交流及相互合作，簽署了「投資保障協定」、「防止雙重徵稅協定」、「清算決算協定」和「商社糾紛解決程序協定」（以下將這四個協定簡稱為南北經濟合作協定）。該南北經濟合作協定於2003年8月18日通過南北之間互相交換經濟合作文件生效通知書，得以正式生效。關於這種南北經濟合作協定的法律性質，圍繞將南北經濟合作協定作為條約促進或者以履行法律進行推進，展開了激烈的法律爭論。

　　南北經濟合作協定包含了與國民的權利及義務直接相關的事項，就該協定是否具有法律約束力一度成為爭論的焦點（李相勳、今昌燮，2008：37）。這關係到朝鮮在國際法律中的地位，而這與中國的兩岸關係相比，存在許多相似之處。

　　即，是否認可朝鮮作為實體政府或實體地方政府的法律地位，應該以韓國憲法第三條和第四條，以及朝鮮憲法第三條和第四條規定中的解釋為前提。韓國憲法第三條規定，朝鮮半島和附屬島嶼均屬於韓國領土，因此，認可朝鮮為實體政府或實體地方政府，承認其屬於完成實效性控制的國家實體，與其他國家承認與否無關，則會與韓國憲法相互衝突（諸成鎬，2003：5-32）。

　　簽訂南北經濟合作協定具有重要意義，主要體現在這是首次通過南北當局的協商，建立了適用於南北經濟活動的制度與規範；其次，通過簽訂南北經濟合作協定，開始構建了南北經濟合作的基礎。

　　南北經濟合作協定中，「投資保障協定」與「防止雙重徵稅協定」與

一般的投資保障協定和防止雙重徵稅協定的內容幾乎類似，但「清算決算協定」和「商社糾紛解決程序協定」反映南北間民族內部交流這一特殊情況的同時，參考了關於商事糾紛解決與決算程序的國際慣例（李相勳、今昌爕，2008: 13）。

二、台灣作為FTA簽訂主體的法律性質

由於中國的歷史特殊性，大陸、台灣、香港、澳門分別擁有獨立的行政區域和經濟權。對於中國與香港及澳門之間形成的更緊密經濟夥伴協議（Closer Economic Partnership Arrangement, CEPA）存在以下幾種看法，認為它是以「香港特別行政區基本法」與「澳門特別行政區基本法」為依據的國內協議；認為它是以世界貿易組織（WTO）協定為依據的國際條約，屬於國際法範疇；認為它雖然不屬於國際條約，但部分內容則屬於在WTO規定規範內主權國家內部的特殊協定或區域內部協定。

以海峽兩岸經濟合作架構協議（ECFA）為例，相比CEPA的法律性質特點更加複雜。因為中國國內法中不存在對台灣的「基本法」型態的法律，大陸政府對台灣的政治、經濟、外交、軍事沒有統治權。

另外，中國和台灣於2001年12月11日和2002年1月1日分別加入WTO，其正式名稱為「中華人民共和國」（People's Republic of China）和「台灣、澎湖、金門、馬祖單獨關稅區」（Separate Customs Territory of Taiwan, Penghu, Kinmen and Matsu）。鑑於香港和澳門屬於WTO的創始會員，從中國政府立場來看，中國擁有四個WTO會員資格，具有一國四席的特點（馬光，2011：208；王瑞，2009：102-106）。

在國際法上，條約是指國際法主體之間，主要由國家之間簽訂，但根據WTO成立協定第十二條規定，獨立的關稅領域可以加入對外貿易關係及多邊貿易協定，亦可簽訂在WTO規範內形成的自由貿易協議（FTA）。因此，將海峽兩岸經濟合作架構協議的法律性質理解為條約更

加合適，相比CEPA，從海峽兩岸經濟合作架構協議的名稱來看，鑑於它屬於Arrangement和Agreement（姜孝白，2011：190-191），完全可以解釋為國際法上的條約或協定。

另外，「海峽兩岸經濟合作架構協議」的獨到之處在於，它的簽訂並非由政府直接干預，而是透過民間團體簽訂。但，就兩岸關係問題，透過各自政府的授權處理相關業務，其權利和義務歸屬於各自隸屬的政府，對兩岸政府具有約束力（馬光，2011：211）。這是簽訂主體的特點，鑑於對兩岸政府的約束特點，具備視為條約性質的實際利益。

貳、韓國－台灣協商FTA過程中的法律課題

一、貿易救濟制度──SAFE-GUARD／反傾銷／相抵措施

（一）各FTA貿易救濟制度的類型與WTO規則的關係

分類		自由貿易		保護本國	
		排除WTO規定	強於WTO規定	符合WTO規定	弱於WTO規定
保障措施協定	雙邊保障措施協定	紐西蘭-新加坡	NAFTA，智利-墨西哥，EC-墨西哥，美國-新加坡，日本-新加坡，EFTA-新加坡		EC-墨西哥
	多邊保障措施協定	紐西蘭-新加坡	美國-智利（智利，例外規定）	EC-墨西哥，日本-新加坡，EFTA-新加坡	EEA，EFTA，NAFTA，智利-墨西哥，美國-新加坡
反傾銷		EFTA，EEA（農產品除外），澳大利亞-紐西蘭，EFTA-新加坡	紐西蘭-新加坡	EC-墨西哥日本-新加坡	NAFTA，智利-墨西哥，美國-新加坡
補貼與反補貼措施		EFTA EEA（農產品除外）	澳大利亞-紐西蘭	EC-墨西哥，日本-新加坡，EFTA-新加坡，紐西蘭-新加坡	NAFTA，智利-墨西哥，美國-新加坡

（二）分析韓國簽訂的**FTA**的貿易救濟制度類型

分類		自由貿易		保護本國	
		排除WTO規定	強於WTO規定	符合WTO規定	弱於WTO規定
保障措施協定	雙邊保障措施協定		韓國-新加坡，韓國-EFTA，韓國-ASEAN 韓國-EU，韓國-印度	韓國-秘魯（農產品除外）	韓國-智利 韓國-美國
	多邊保障措施協定		韓國-美國	韓國-智利，韓國-新加坡，韓國-EFTA，韓國-ASEAN，韓國-EU，韓國-印度，韓國-秘魯	
反傾銷			韓國-新加坡，韓國-EFTA，韓國-美國 韓國-EU，韓國-印度	韓國-智利，韓國-ASEAN，韓國-秘魯	
補貼與反補貼措施			韓國-美國	韓國-智利，韓國-新加坡，韓國-EFTA，韓國-ASEAN，韓國-EU，韓國-印度，韓國-秘魯	

二、結構調整支援制度（補貼）

（一）美國——貿易調整援助改革法

　　美國為了通過補償因貿易自由化而給社會成員造成的損失，支持遭受損失的領域進行結構調整來緩和對貿易自由化的反抗，促進貿易自由化而運營貿易調整援助制度。

　　貿易調整援助制度於1962年通過貿易擴張法案（Trade Expansion Act）引進之後，1974年通過貿易法建立目前框架，並隨著北美自由貿易協定（NAFTA）生效，單獨運營NAFTA-TAA。之後，於2002年制定了整

合各項法令的貿易調整援助改革法（Trade Adjustment Assistance Reform Acts, TAARA）。

貿易調整援助改革法規定，根據國際貿易中心（ITC）的產業損失調查與貿易協商許可權（Trade Promotion Authority）簽訂貿易協定時，相關部長需要調查產業損失規模及結構調整的可能性等。

首先，援助的標的為失業勞動者或存在失業風險的勞動者（adversely affected workers）。因同種產品進口量增加企業生產量減少，使該企業大部分員工處於完全或部分被解雇的危險境地，或者遭受損失的企業的供應商（supplier），下游生產商（downstream producer）的員工（secondary worker）等，滿足上述條件時，給予援助。

其次，是受衝擊產業的企業（firms）。因從國外的進口增加，國內企業的營收或銷售額在一年內減少25%以上，工人被解雇或處於被解雇的危險境地時，將成為援助對象。

再次，是經濟困難的共同體（communities）。共同體（單位：county）內部近三年期間接受貿易調整援助的勞動者數量達到一定規模（城市：500人，農村：300人）以上，而且，地區失業率比國內失業率高出1%以上的，可以成為援助的共同體對象。

最後，是農漁民（farmers and fishermen）。因進口國外農產品的數量增加，近一年農水產品平均價格低於過去五年平均價格的80%時，農漁民亦可成為援助對象。

具體援助方法如下：

第一，通過預算進行援助。為失業勞動者支付貿易調整津貼（trade adjustment allowance）、工資補貼（就工資差異的50%，援助兩年）、醫療保險費用、求職補貼、再就業補貼等；為受衝擊產業的企業進行結構調整，實施直接援助（direct loan）或貸款擔保（guarantee of loan）。另外，為援助虧損共同體進行經濟開發而支付補貼，並且為補償農漁民的損失而

支付相關補貼。

第二，實施信息及技術援助（information and technical assistance）。為援助對象提供援助程序、援助內容、義務事項等各種資訊，還為支援援助對象的結構調整，對製作企業的結構調整提案書的編製及履行提案內容過程提供援助，還為製作共同體的地區開發專案提供技術支援。

第三，支持職業培訓（training）。為援助解雇勞動者轉換職業而進行職業培訓，將其規定為獲得貿易調整津貼的必要事項。

實施貿易結構調整援助改革法的機構負責執行援助政策的制定，以及向議會和總統彙報等任務。對勞動者的援助業務由勞動部承擔，對企業、共同體及漁民的援助業務由商務部承擔，對農民的援助由農林部承擔。另外，在具體的業務執行過程中，可以接受州政府的協助，在必要的情況下，也可與其他政府機關或中小企業廳（Small Business Administration）、共同體經濟開發調整委員會、民間訓練、研究及諮詢機構等民間機構合作。

（二）韓國

韓國政府為針對簽訂FTA而對農漁業和製造業及服務業造成的損害，制定援助對策，正在實施「關於因簽訂自由貿易協定援助農漁業從業者等的特別法／施行令／施行規則」與「關於因簽訂自由貿易協定援助貿易調整的法律／施行令／施行規則」（農漁業受害補貼：韓－歐盟FTA生效十年期間）。

在「為成立世界貿易機構的馬拉喀什協定」允許的範圍內，制定貿易調整援助綜合對策，政府對貿易調整援助企業，根據「關於振興中小企業的相關法律」第六十三條規定，可以在中小企業創業及振興基金中，就(1)啟動和維護生產設備所需的原材料及輔材料的採購資金；(2)事業轉換等履行貿易調整計畫所需要的技術開發、設備投資、確保選址及人員培

訓所需的資金；(3)此外，為穩定短期經營或確保競爭力所需要的資金，可以對總統令規定的資金進行融資，有關標準或對象、規模、方法及程序的必要事項，通過總統令予以規定。規定貿易調整援助勞動者的對象，為勞動者轉換職業而建立援助對策，私營企業主也可以按照法律規定接受援助。

知識經濟部部長為提供與援助貿易調整相關的諮詢、指南、宣傳及調查業務，支援遭受貿易損害的企業申請成為貿易調整援助企業制定所需材料，及代辦申請業務，直至綜合履行對貿易調整援助企業的援助業務，在中小企業振興公團下設了貿易調整援助中心。

另外，政府為了有效援助履行自由貿易協定導致遭受損失或可能遭受損失的農漁業者，應該針對自由貿易協定的執行，制定援助農漁業者的綜合對策。(1)擴大農地的購置及租賃等農業經營與漁業經營規模；(2)完善用水供應及排水設備和耕種設備等生產基礎設備；(3)通過援助優良種子和優良種畜及農業設備等，促進高品質農產品或水產品的生產；(4)促進環保農產品或水產品的生產與流通；(5)安裝並運營農產品或水產品的加工和流通；(6)為農產品或水產品的品種開發，提高品質，促進加工等的研發及普及；(7)促進農漁業等的生產設備現代化及擴大規模；(8)為了農漁業的經營、策畫、流通、廣告、會計、技術開發、作物轉換等，促進諮詢及技術開發；(9)此外，為了提高農漁業等的競爭力，對於農林水產食品部部長認可的事業，可以通過補助或融資給予特別援助。另外，政府就因為履行自由貿易協定導致進口量劇增，價格暴跌的產品種類，對協定生效以前就開始生產該類產品的農漁業者等，將援助損害保全直接支付資金（以下簡稱「損害保全直接支付資金」）的政策，自「韓國與歐盟及其會員之間的自由貿易協定」生效之日起推行十年。這適用於所有農漁業者。另外，通過設立自由貿易協議履行援助基金，需要確保擴大對遭受損失或可能遭受損失的農漁業者的援助所需要的資金。

（三）台灣

台灣政府通過2010年的「因應貿易自由化產業調整支援方案」，實施對FTA的貿易調整援助制度。台灣經濟部預測到對於海峽兩岸經濟合作架構協議的影響評估結果會導致進出口量增加，於是為制定緩和對各產業領域衝擊的對策，引進了貿易調整援助制度。

經濟部和勞動委員會等各部委通過整合有關會議的公共預算與相關基金（行政院的國家發展基金、中小企業信用保證基金、貿易促進基金、行政院的國家科技發展基金等），將預算規模自2010年開始至2019年，十年期間完成950億元新台幣。

援助內需型的對外競爭力薄弱的產業，支持體制的強化，對由於自由貿易協議遭受損失的產業、企業、勞動力，實施受害救濟制度，包括(1)對於內需型、競爭力較弱、易受貿易自由化影響之應加強輔導型產業，主動予以「振興輔導」；(2)對於進口已經增加，但尚無顯著受損之產業及勞工，主動協助「調整體質」；(3)對於已經顯著受損之產業、企業、勞工，提供「損害救濟」。

參、結論

為了協商或簽訂FTA，研究FTA對經濟效果和產業結構產生的影響固然重要，FTA固有的特殊法律特徵也是重要研究對象之一。因此，韓國和台灣要透過簽訂FTA強化經濟合作，要考慮兩國的國內法和FTA在WTO規範體系中的法律性質。即，韓國南北經驗或與其他經濟圈簽訂FTA時，考慮開城工業區的生產產品的原產地決定問題，可能和台灣通過ECFA簽訂FTA時法律性質，或ECFA的國際法性質等的爭論一樣，成為國際法上法律研究的對象。並且韓台FTA的構想，要綜合考慮貿易救濟制度，或結構調整支援制度相聯繫的兩國國內法體系。

　　如果韓國和台灣簽訂FTA，台灣和韓國作為簽訂主體的法律性質，根據WTO設立協定第12條1項：「國家或者自身履行對外貿易關係，以及該協定和多邊貿易協定規定的其他事項時保留完整的自主權的單獨關稅領域，可以根據自身和WTO之間協商的條件加入該協定」的規定沒有太大的問題。但是，關於原產地規定，韓國可能對北韓開城工業區生產的產品主張特殊對待，相對於此，台灣方可能會面臨對中國生產產品的原產地相關規定適用的問題。

　　韓國根據多年的FTA協商經驗並進國內法的整備。其代表性例子為各FTA和相關貿易救濟制度的關聯法律和施行規則。為了使簽訂FTA後的國內產業損失最小化的結構調整支援制度的法規化等。最近預測在韓國為了預防投資者-國家之間的糾紛解決問題，FTA規定違反整個國內法之可能性進行全方位的考慮和研究。韓國的FTA研究狀況和韓國國內法的變化對台灣也有啟示作用。韓台FTA的研究滯後於ECFA或韓中FTA的研究，且沒能得到重視，但韓台FTA對雙方都有好處。所以以後在協商韓台FTA時，要多角度地研究相關的法律問題和解決方案。

附表：韓國與台灣的FTA相關國內法規

一、韓國國內法規

與貿易／投資相關的法規	• 關稅法／實施令／實施規則 • 基於關稅法第68條的關於徵收特別緊急關稅的規則 • 基於關稅法第69條的關於適用調整關稅的規定 • 基於關稅法第71條的關於適用配額關稅的規定 • 對於中國，台灣籍馬來西亞產聚酯長纖維深加工絲徵收傾銷關稅的規則計畫 • 旨在履行自由貿易協議的關於關稅法特例的法律／實施令／實施規則 • 旨在履行大韓民國政府與智利共和國政府間的自由貿易協議的關於關稅法特例的法律（已廢止） • 對外貿易法／實施令 • 關於不正當貿易行為的調查及產業損害救濟的法律／實施令 • 產業發展法／實施令／實施規則 • 外國人投資促進法／實施令／實施規則 • 外國人土地法／實施令／實施規則 • 外國換去來法／實施令 • 關於針對出口用原材料的關稅等退稅的特例法／實施令／實施規則
與產業結構調整及援助相關的法規	• 基於自由貿易協議之簽訂的關於農漁業從事人員的援助的特別法／實施令／實施規則（損失保全：自韓－歐盟FTA生效日起十年間） • 基於自由貿易協議之前訂的關於貿易調整援助的法律／實施令／實施規則
與政策推進程序相關的法規	• 關於政府代表及特別使節任命權限的法律 • 政府組織法與相關法規（外交通商部及其下屬機關的職務制度 • 自由貿易協議國內對策委員會規定（總統令） • 自由貿易協議簽訂程序規定（總統令） • 大韓民國政府與美利堅合眾國政府間的自由貿易協議簽訂援助委員規定（總統令） • 關於指定及運作自由貿易區域的法律／實施令／實施規則 • 關於FTA政策推進與執行的法律

資料來源：外交通商部的自由貿易協議網站，<http：//www.fta.go.kr>。
　　　　　策畫財政部FTA國內對策委員會網站，<http：//fta.korea.kr>。
　　　　　韓國立法部，<http：//www.moleg.go.kr>。

二、台灣的國內法規

與貿易／投資相關的法規	• 外國人投資條例（2008.11） • 關稅法／施行細則 • 海關管理保稅工廠辦法 • 保稅倉庫設立及管理辦法 • 外銷品沖退原料稅辦法 • 自由貿易港區貨物通關管理辦法 • 貿易法 • 出進口廠商登記管理辦法 • 經濟部標準檢驗局基隆分局辦事細則 • 財政部公告：公告97年度尼加拉瓜原產之花生及精製糖，適用我國與尼加拉瓜自由貿易協議關稅配額輸入事宜
與產業結構調整及援助相關的法規	• 因應貿易自由化產業調整支援方案（行政院2010.2.22核定） • 擬定輔導、調整及救濟三策略之細部執行計畫（經濟部技術處、商業司、工業局、中企處、貿易局、行政院國發基金及勞委會） • 協助受貿易自由化衝擊產業優惠貸款要點 • 協助因貿易自由化受損產業升級轉型貸款要點
與政策推進程序相關的法規	行政院農業委員會漁業署辦事細則（2011.8） 海關進口稅則（2010.5）

資料來源：台灣法務部全國法規資料網站，<http：//law.moj.gov.tw/>。

　　　　　外交部招商引資諮詢網站，

　　　　　<http：//investtaiwan.nat.gov.tw/matter/show_chn.jsp?ID=8&MID=3>。

　　　　　經濟部企業指南網站，

　　　　　<http：//assist.nat.gov.tw/GIP/wSite/ct?xItem=11299&ctNode=23&mp=2>。

台韓在大陸市場經貿合作可能性分析

郭福墠

（釜山慶星大學中國通商系教授）

摘要

　　長期以來，韓國和台灣在世界經濟舞台，不乏合作夥伴關係，但處於競爭狀態更多。特別是，兩國作為世界經濟的典範案例，以出口主導型經濟結構發展，在世界市場始終處於競爭關係。另外，韓國與中國建立外交關係以後，韓國和台灣在大陸市場的競爭變得更加激烈。

　　近年來，中國經濟擺脫過去依靠對外貿易和固定資產投資增長的方式，以發展圈域經濟和城市、培育戰略新興產業、調整傳統產業結構等的經濟發展，調整經濟增長模式，內需市場也進一步擴大。中國大陸的這種環境變化，促使韓國－台灣之間的競爭也隨之變化。因為中國不斷擴大的內需市場，使大陸市場的經濟規模持續擴大，這為韓國－台灣擺脫過去的競爭模式，通過合作模式攜手並進大陸市場提供基礎。

　　台灣與中國大陸簽訂的經濟合作架構協議（ECFA）自2011年起生效以來，台灣獲得進軍中國的穩固基礎，韓國結束長時間研究，終於宣布在2012年5月開啟韓－中自由貿易協議（FTA）協商。韓國與台灣和中國正在簽訂（或已經簽訂）的自由貿易相關協定，預示著雙方在中國大陸的競爭會更加激烈，但從某種意義上看，它也為雙方在零組件開發、技術合作、共同行銷等更廣泛領域進行產業合作，提供有利平台。

關鍵詞：韓中FTA、經濟合作、同步化、生產合作體制、合作平台

壹、韓國－台灣在中國大陸的競爭關係

一、韓國－台灣之間的貿易變化

　　韓國與中國建交的1992年至2011年末，從韓中兩國間的貿易情況顯示，兩國的貿易發展速度驚人。在這二十年間，韓中貿易量增加了35倍，出口量則增加了51倍。目前，兩國每年的人員交流也達到640萬人，兩國居住在對方國家的人數也接近70萬人，互派留學生數量也超過五萬人。

　　韓國－台灣之間的貿易增長速度，雖不及韓國與中國大陸的貿易增長，但在過去二十年期間，它卻遠高於韓國的對外貿易增長速度。即，韓國的貿易總規模在過去二十年期間增加了七倍，但韓國－台灣之間的貿易額卻增加了九倍，由1992年的35.8億美元增至2011年的329億美元。

表一：韓國對台灣貿易現況

（單位：百萬美金）

年度	出口	進口	總貿易規模
1992	2,262	1,315	3,577
1993	2,296	1,407	3,703
1994	2,732	1,800	4,532
1995	3,882	2,564	6,446
1996	4,005	2,725	6,730
1997	4,613	2,421	7,034
1998	5,140	1,670	6,810
1999	6,345	2,972	9,317
2000	8,027	4,701	12,728
2001	5,835	4,301	10,136
2002	6,632	4,832	11,464
2003	7,045	5,880	12,925
2004	9,844	7,312	17,156
2005	10,863	8,050	18,913

2006	12,996	9,288	22,284
2007	13,027	9,967	22,994
2008	11,462	10,643	22,105
2009	9,501	9,851	19,352
2010	14,830	13,647	28,477
2011	18,206	14,694	32,900
2011年／1992年	8	11	9

資料來源：www.kita.net.

韓國對中國大陸貿易現況

單位：百萬美金

年度	出口	進口	總貿易規模
1992	2,654	3,725	6,379
1993	5,151	3,929	9,080
1994	6,203	5,463	11,666
1995	9,144	7,401	16,545
1996	11,377	8,539	19,916
1997	13,572	10,117	23,689
1998	11,944	6,484	18,428
1999	13,685	8,867	22,552
2000	18,455	12,799	31,254
2001	18,190	13,303	31,493
2002	23,754	17,400	41,154
2003	35,110	21,909	57,019
2004	49,763	29,585	79,348
2005	61,915	38,648	100,563
2006	69,459	48,557	118,016
2007	81,985	63,028	145,013
2008	91,389	76,930	168,319
2009	86,703	54,246	140,949
2010	116,838	71,574	188,412
2011	134,185	86,432	220,617
2011年／1992年	51	23	35

資料來源：同上。

二、韓國、台灣與中國大陸的貿易現狀

據中國海關統計，韓國與台灣在中國大陸進口市場呈現出以下幾個特點。

（一）韓國和台灣在大陸進口市場的占有率呈下降趨勢

韓國一台灣在大陸市場都占10%左右的占有率，但其占有率卻呈現出下降趨勢，台灣的下降趨勢比韓國偏快。以2005年為例，韓國的市場占有率開始超過台灣的市場占有率，而且差距愈來愈大。

圖一：中國之進口市場占有率

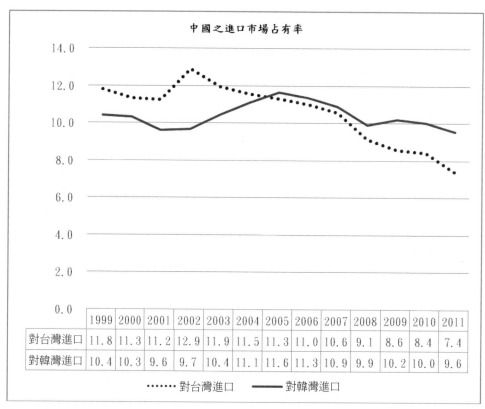

中國之進口市場占有率

	1999	2000	2001	2002	2003	2004	2005	2006	2007	2008	2009	2010	2011
對台灣進口	11.8	11.3	11.2	12.9	11.9	11.5	11.3	11.0	10.6	9.1	8.6	8.4	7.4
對韓灣進口	10.4	10.3	9.6	9.7	10.4	11.1	11.6	11.3	10.9	9.9	10.2	10.0	9.6

········ 對台灣進口　——— 對韓灣進口

來源：中國海關統計。

（二）韓國－台灣的對華出口同步化現象

韓國－台灣對大陸市場的出口（中國從韓國和台灣的進口）增加率，呈現幾乎同步化現象。這就像韓國對中國大陸的出口隨著中國對外出口的增加，呈現同步化現象一樣，台灣對中國大陸的出口，也隨著中國對外出口的增加而呈現出了同步化現象。

這主要是因為，韓國和台灣在中國大陸的加工貿易比重都較高（註：韓國2011年對華出口中，加工貿易比重占整體對華出口總額的51%左右）。

圖二：中國對兩國進口增加率

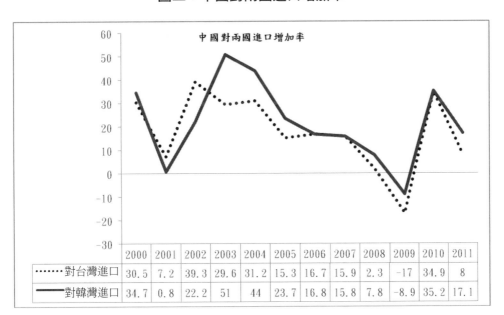

	2000	2001	2002	2003	2004	2005	2006	2007	2008	2009	2010	2011
········對台灣進口	30.5	7.2	39.3	29.6	31.2	15.3	16.7	15.9	2.3	-17	34.9	8
——對韓國進口	34.7	0.8	22.2	51	44	23.7	16.8	15.8	7.8	-8.9	35.2	17.1

資料來源：同上。

圖三：韓國對中國出口和中國的對外出口之同步化現象

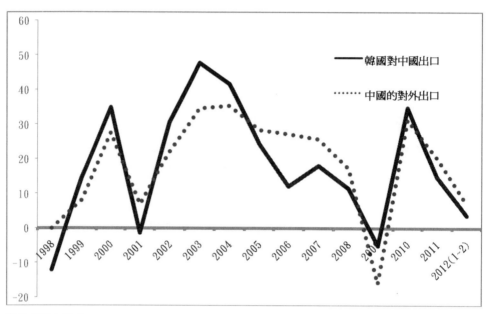

資料來源：同上。

（三）韓國－台灣的對華出口：傾向於集中在少數品種

韓國－台灣的對華出口都具有傾向於集中在少數品種的比較脆弱的出口結構。從4位編碼為準的前100個進口商品，以及6位編碼為準的前500進口商品，在整體出口商品中所占比重來看，韓國和台灣的對華出口商品的集中度較高（例如，就中國從台灣和韓國進口的某一商品（LCD螢幕HS 90138030）占中國整體進口量的比重來看，台灣占11.7%，韓國占12.3%）。

以4位編碼為準，就中國從台灣進口（台灣向中國出口）與從韓國進口（韓國向中國出口）產品的比重來看：

● 前30位商品在整體進口額中所占比重分別為台灣占77.3%，韓國占81.7%；

● 前10位商品在整體進口額中所占比重分別為台灣占63.0%，韓國占
55.2%。

表三：韓－台對大陸出口

	對台灣進口		對韓國進口
100大品目（小計）	114,967	美金百萬	147,814
（進口額中占有率）	92.1	%	91.4
30大品目（小計）	96,602	美金百萬	120,727
（進口額中占有率）	77.3	%	81.7
10大品目（小計）	78,724	美金百萬	89,247
（進口額中占有率）	63.0	%	55.2

以6位編碼為準，以從台灣進口的和從韓國進口的產品比重來看：

● 前100位商品在整體進口額中所占比重分別為台灣占82.5%，韓國占
80.7%；

● 前50位商品在整個進口額中所占比重分別為台灣占74.3%，韓國占
72.0%；

● 前10位商品在整個進口額中所占比重分別為台灣占55.0%，韓國占
48.0%。

表四 中國自韓－台進口

	對台灣進口		對韓國進口
500大品目（小計）	119,881	美金百萬	154,781
（進口額中占有率）	96.0	％	95.7
300大品目（小計）	115,594	美金百萬	149,001
（進口額中占有率）	92.6	％	92.2
100大品目（小計）	103,060	美金百萬	130,534
（進口額中占有率）	82.5	％	80.7
50大品目（小計）	92,776	美金百萬	116,437
（進口額中占有率）	74.3	％	72.0
10大品目（小計）	68,703	美金百萬	77,783
（進口額中占有率）	55.0	％	48.1

（四）韓國－台灣在中國大陸市場的競爭激烈

韓國和台灣向中國大陸出口的產品（中國的進口品）中，屬於同類HS Code的商品非常多，大部分商品都形成非常激烈的市場競爭關係。

以4位編碼為準，韓國和台灣對華出口的前100位商品中，74個商品（74.0%）屬於相同的稅號（以4位編碼為準，相同的品目進口到中國），以6位編碼為準，前500位商品中，326個商品（65.2%）重疊。值得注意的是，即使是6位編碼商品（稅號）也包括各種各樣的產品和各種型號，因此，不能武斷地認為完全相同的產品處於競爭關係。但大體上鑑於類似產品被賦予類似稅號而被統計與合計，相同稅號產品出口至中國市場的情況下，可以認為，同一商品（群）之間一般會處於競爭關係當中。

表五　中國從台灣和韓國主要進口品目

順位	CODE	對台灣進口 品目名	2011（美金百萬）	CODE	對韓國進口 品目名	2011（美金百萬）
1	854231	Processors and controllers, w/n with memories, converters, other circuits	22,923	901380	Liquid crystal devices, other optical appliances and instruments	19,829
2	901380	Liquid crystal devices, other optical appliances and instruments	14,186	854232	Memories	14,506
3	854239	Other electronic intergrated circuits	8,579	854231	Processors and controllers, w/n with memories, converters, other circuits	14,176
4	854232	Memories	8,550	271019	Other	8,927
5	291736	Terephthalic acid and its salts	3,441	851770	Parts	4,633
6	853400	Printed circuits	3,322	854239	Other electronic intergrated circuits	4,557
7	847330	Parts and accessories of the amachines of heading no.8471	2,078	291736	Terephthalic acid and its salts	3,774
8	854140	Photosensitive semiconductor devices, light emitting diodes	2,053	847330	Parts and accessories of the amachines of heading no.8471	2,801
9	390330	Acrylonitrile-butadiene-styrene (abs) copolymers	1,961	853400	Printed circuits	2,523
10	901390	Parts (liquid crystal devices, lasers, other optical appliances)	1,610	870323	Other vehicles, spark-ignition engine, cylinder capacity 1500-3000cc	2,057
11	900120	Sheets and plates of polarising material	1,452	290243	P-xylene	1,904
12	290531	Ethylene glycol (ethanediol)	1,328	850780	Other electric accumulators	1,763

13	854190	Parts of semiconductor, photosensitive semi-conductor device, light emitting diode	1,195	290250	Styrene	1,593
14	852351	Solid-state non-volatile storage devices	1,123	852580	Television cameras, digital cameras and video camera recorders	1,466
15	390810	Polyamide -6, -11, -12, -6,6 -6,9, -6,10, -6,12	944	840810	Marine propulsion engines (compression-ignition)	1,429
16	851770	Parts	944	390210	Polypropylene	1,413
17	854233	Amplifiers	820	901390	Parts (liquid crystal devices, lasers, other optical appliances)	1,389
18	852990	Other parts of transmission apparatus, radar apparatus or tv receivers	804	390330	Acrylonitrile-butadiene-styrene (abs) copolymers	1,385
19	741011	Foil of refined copper, not backed, of a thickness not exceeding 0.15mm	796	271011	Light oils and pre-parations	1,364
20	271019	Other	750	852990	Other parts of trans-mission apparatus, radar apparatus or tv receivers	1,244

資料來源：中國海關。

三、韓國和台灣的對華投資情況

從韓國和台灣的對華投資情況來看，台灣的對華投資更加積極，投資金額或數量明顯超過韓國。這是因為與韓國相比，台灣的內需市場較小，並且較早地遇到勞動力不足問題，加上與大陸的經濟關係密切等原因，台灣企業積極利用大陸作為加工基地。另外，在進軍大陸中西部地區方面，韓國僅有少數企業進軍中國的中西部地區，但台灣的步伐相對較快。

（一）台灣的對華投資規模遠遠高於韓國

截止到2011年末，台灣的對華投資（以獲得台灣政府批准為準）共計39,572件，投資金額高達1,117億美元，韓國是以申報為準達44,586件，投資金額為502億美元（以實際投資為準達21,844件，360億美元），實際上，台灣的投資更加積極、活躍。尤其是，以投資金額為例，據大陸統計（中國商務部）資料顯示，最近台灣的投資金額接近於韓國的二至四倍。

據中國商務部統計，台灣和韓國的對華投資額分別如下：

- 2008年台灣18.99億美元，韓國31.35億美元。
- 2009年台灣65.63億美元，韓國27.03億美元。
- 2010年台灣67.01億美元，韓國26.93億美元。
- 2011年台灣67.27億美元，韓國25.51億美元。

圖四：台灣對中國大陸投資

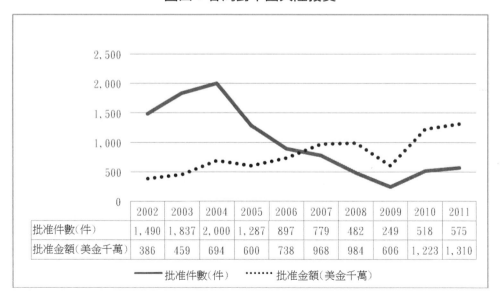

	2002	2003	2004	2005	2006	2007	2008	2009	2010	2011
批准件數(件)	1,490	1,837	2,000	1,287	897	779	482	249	518	575
批准金額(美金千萬)	386	459	694	600	738	968	984	606	1,223	1,310

批准件數(件)　　批准金額(美金千萬)

圖五：韓國對中國大陸的投資

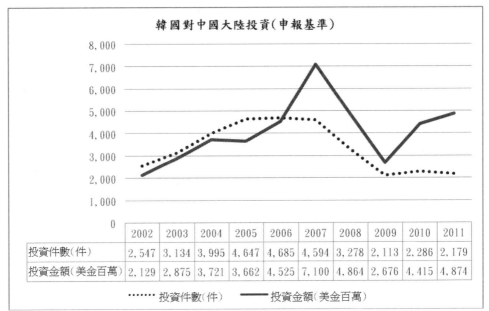

韓國對中國大陸投資（申報基準）

	2002	2003	2004	2005	2006	2007	2008	2009	2010	2011
投資件數(件)	2,547	3,134	3,995	4,647	4,685	4,594	3,278	2,113	2,286	2,179
投資金額（美金百萬）	2,129	2,875	3,721	3,662	4,525	7,100	4,864	2,676	4,415	4,874

‧‧‧‧‧‧ 投資件數(件)　　── 投資金額（美金百萬）

資料來源：韓國輸出入銀行資料。

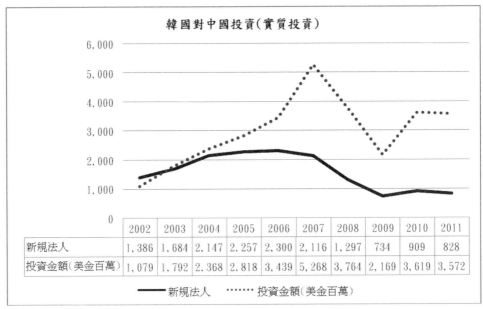

韓國對中國投資（實質投資）

	2002	2003	2004	2005	2006	2007	2008	2009	2010	2011
新規法人	1,386	1,684	2,147	2,257	2,300	2,116	1,297	734	909	828
投資金額（美金百萬）	1,079	1,792	2,368	2,818	3,439	5,268	3,764	2,169	3,619	3,572

── 新規法人　　‧‧‧‧‧‧ 投資金額（美金百萬）

資料來源：同上。

（二）與韓國相比，台灣的對華投資以大規模投資為主

　　最近，韓國的對華投資項目，其投資金額呈現增長趨勢，但依然以500萬美元以下的小規模投資為主。台灣的對華投資規模雖有減少趨勢，但最近卻以單項投資金額均超過2,000萬美元的中等或大規模投資為主。

（三）台灣企業進軍大陸中西部地區非常踴躍，投資領域多樣化

　　過去，韓國企業的對華投資以加工貿易為主，在距離韓國較近的山東、東北三省、東南部沿海地區投資較多。然而，在日益成為中國未來市場的中西部地區的投資卻並不多。台灣企業也表現出類似的特點，但相比韓國企業，看準中西部地區市場後，正在加快投資步伐。

　　在投資領域，韓國企業也與台灣企業類似，主要以製造業為主進行了投資，但近年來，逐漸增加對服務產業（批發零售、金融等）領域的投資。

　　另外，韓國對中國各地區的投資現狀（2011年末累計）如表六。

　　「新成立法人數量」對華投資的地區依次為山東（33.9%）、遼寧（13.2%）、江蘇（9.0%），幾乎三分之一的企業都在山東省投資。

　　「投資金額」依然是山東地區投資額（22.7%）最多，與江蘇（22.7%）沒有明顯差異。

　　山東地區中小企業的小規模投資居多（由此可見，山東地區作為加工貿易基地發揮重要作用）。相對，江蘇地區大都為大企業的大規模投資（估計加工貿易瞄準內銷的投資居多）。

表六：韓國對中國投資現狀（至2011年末累計）

地域	新規法人（個社）	占有率	投資金額（美金千）	占有率	地域	新規法人（個社）	占有率	投資金額（美金千）	占有率
總　　計	21,844	100.0	35,997,819	100.0	自治區	88	0.4	211,298	0.6
山東省	7,397	33.9	8,188,712	22.7	江西省	55	0.3	325,311	0.9
江蘇省	1,963	9.0	8,176,007	22.7	山西省	33	0.2	192,437	0.5
北京市	1,758	8.0	4,100,384	11.4	四川省	110	0.5	191,717	0.5
遼寧省	2,877	13.2	3,375,496	9.4	安徽省	78	0.4	149,993	0.4
天津市	1,832	8.4	2,916,448	8.1	湖北省	69	0.3	115,903	0.3
上海市	1,750	8.0	2,321,970	6.5	海南省	41	0.2	63,910	0.2
廣東省	809	3.7	1,838,131	5.1	河南省	56	0.3	83,221	0.2
浙江省	732	3.4	1,312,253	3.6	甘肅省	17	0.1	30,241	0.1
吉林省	1,080	4.9	803,531	2.2	雲南省	44	0.2	31,959	0.1
河北省	431	2.0	453,623	1.3	陝西省	32	0.1	23,865	0.1
湖南省	43	0.2	543,978	1.5	貴州省	10	0.0	17,717	0.0
黑龍江省	400	1.8	327,126	0.9	青海省	7	0.0	2,027	0.0
福建省	132	0.6	200,563	0.6					

資料來源：韓國輸出入銀行。

（四）台灣中小企業對中國內需市場的攻略比韓國企業更勝一籌

　　進軍中國大陸內需市場的韓國企業主要有三星、樂金（LG）、現代等大企業，中小企業成功進軍內需市場的案例屈指可數，主要有依戀（E-LAND），克林萊（CLEAN WRAP）、好麗友（ORION）、韓國化妝品等。

　　反之，台灣中小企業相比韓國中小企業更加活躍，其品牌知名度也相對較高。達芙妮（DAPHNE）、鞋櫃（SHOEBOX）、天福茗茶（在台灣被稱為天仁茗茶）、徐福記、統一、麗嬰房、優比等台灣企業的品牌作為中國馳名商標，已經成功打入中國市場。

貳、韓國－台灣在中國大陸的合作可能性

一、韓國與台灣的合作可能性

如上所述，韓國和台灣企業進軍中國市場的產品種類，具有競爭度較高的結構，除部分地區分布或投資規模外，在投資領域也表現出非常類似的特點。此外，韓國和台灣都作為亞洲四小龍之一，互相間競爭意識比較強，民眾之間的愛憎關係也複雜地牽涉在其中。

在這種情況下，韓國和台灣針對中國大陸龐大的市場機會，透過合作，共同開發市場並共享勝利果實並非易事，也有很多人對此持懷疑態度。事實證明，這種想法和懷疑也理所當然。加上，韓國企業未能給中國企業營造良好的信譽，也是導致韓國企業在中國大陸失敗的原因之一。同樣，台灣也在大陸經歷過很多失敗，因為與大陸當地人存在某種微妙的複雜關係而備受煎熬，這也是不爭的事實。即，韓國－台灣企業之間構建合作夥伴關係的主要障礙，是超越經濟利害關係的情感阻礙因素。這種情感阻礙因素需要雙方透過長時間的努力，或者通過構建務實合作夥伴關係的成功案例的累積，才能被消除。

另外，韓國不僅與美國和歐盟簽訂自由貿易協議（FTA）並已生效，還宣布將與中國開啟FTA協商，台灣則比韓國領先一步進入中國大陸市場，已與中國簽訂ECFA，足以使韓國企業備受挑戰，海峽兩岸正在積極推進和加強務實合作關係。

這種情況說明，韓國－台灣為順利攻占中國大陸的龐大市場，與其互相競爭，在各自框架內躍躍欲試，不如積極利用彼此擁有的框架。也就是說，人們日益意識到透過相互合作，可以創造更多的市場機會。即，經濟環境，更確切地說，韓國和台灣分別與中國大陸簽訂的經濟合作關係由此發生質的變化（因為雙方在努力尋找利用對方合作關係優點的方法），促

使韓國和台灣企業順應時代的潮流，不得不相互合作，合作的可能性也在逐漸提高。

二、韓國－台灣企業之間作為戰略合作夥伴構建合作體制

　　台灣企業與中國企業因語言和文化的相似性，相比韓國企業更具有進軍中國市場的優勢，以日本企業為例，有案例表明，積極利用這一優勢，通過與台灣的合作，在共同進軍中國市場方面獲得了成功。例如，日本Duskin公司於2000年獨自進軍中國市場，孤軍奮戰一段時間後，選擇與台灣的Uni-President（統一企業）合作，進而促使Mister Donut在中國獲得極大的成功。2011年3月日本東海岸因發生大地震，導致日本液晶螢幕生產企業面臨部件材料停產、電力不足、運輸工具受到制約等生產上的困難，於是部分日本企業選擇與台灣企業進行合作（日立DISPLAYS公司將智慧手機液晶螢幕生產委託給了台灣的群創光電有限公司）

　　台灣－日本企業的這種合作案例，預示著今後韓國企業與台灣企業之間擴大合作的可能性。因此，韓國－台灣企業之間、有關部門之間，為達成更加具體的合作，需要在以下幾個方面付諸努力。

（一）韓國－台灣企業之間構建生產合作體制

　　韓國和台灣因產業結構的類似性，一直以來都在進行零和競爭，但這對雙方都不利，從現在開始構建共贏合作體制的需要逐漸浮出水面。事實上，進軍中國的韓國大企業，在生產流程方面採購大陸當地台灣企業部件的事例也不少，但整體合作力度依然不高。

（鋼鐵）中鋼作為台灣最大的鋼鐵企業，2010年末，為了從韓國東部金屬獲得穩定的錳鐵合金供應而決定買進東部金屬股份5%，這是在爭取原材料的全球競爭日益深化的環境下，韓國－台灣之間進行戰略合作可能性的最佳案例。

（觸控式螢幕）2011年三星移動顯示器（SMD）與台灣觸控式螢幕生產商Sintek，簽訂關於新一代螢幕AMOLED的技術合作協定，提出了韓國－台灣之間的雙贏模式。

（石油化學）基礎油、石油化工中間原料、合成樹脂等石化產品作為繼半導體後台灣第二大出口商品，石化產品應用於電氣電子、纖維、建材等各種領域，未來的協商對象和方法可能會更加多樣化。

（汽車）現代汽車作為與台灣SYI的合作法人已經進軍台灣，台灣企業非常關注電動汽車的開發，因此，對擁有汽車電池技術的韓國企業表達合作意向。

（複合機）三星電子所生產的複合機的部分零配件，使用中國當地台灣企業的產品。

資料來源：KOTRA台北KBC。

（二）需要通過與有關機構的合作，構建企業之間的合作平台

為擴大韓國－台灣企業之間在大陸市場的合作，需要由雙方政府或相關機構為啟動企業之間的合作，積極構建企業之間的合作平台。例如，作為雙方貿易促進機構且在大陸設有辦事處的KOTRA和TAITRA可以研究共同推進以下事業：

- 舉辦當地投資企業之間相互採購部件的洽談會（例如：召開進軍中國的韓國－台灣大企業採購部件洽談會時，推薦一定比例的對方國家和地區的企業參與）。

- 共同舉辦韓國－台灣名品展。

- 共同應對侵犯知識產權的行為。

- 在韓國和台灣的流通管道（大潤發、樂天瑪特等）定期舉行交叉商品促銷展（例如：大潤發韓國商品促銷展，樂天瑪特台灣商品促銷

展）。

- 構建資訊科技領域在大陸市場的共同研究生產基礎。
- 貿易促進機構共同進行市場調研。
- 貿易促進機構共同舉辦投資進軍企業支持研討會。
- 組建進軍中國的韓國－台灣企業協會。

參考書目

CFA對韓國企業是得還是失？KOTRA，2011年6月。

ECFA生效對韓國產生的影響，KOTRA台北KTC，2010年6月。

KOTRA資訊網路，<ww.globalwindow.org>。

中國商務部網站（投資統計）。

中國海關統計。

韓國貿易統計，<www.kita.net>。

韓國輸出入銀行海外投資統計。

兩岸布局下台韓競合關係的新思維

馬道

（中華經濟研究院第三研究所副研究員）

摘要

2008年馬總統就任後致力促成兩岸經貿關係的正常化，簽署經濟合作架構協議（ECFA），藉由互利貿易改善台灣當前產業總體體質，並透過兩岸布局在產業及技術上進行合作，能提高現有產品附加價值及扶植具未來潛力的產業，開啟台灣經濟發展的新頁。同處一個東亞區域經濟體下的台韓，由於兩國在產業和出口結構相似，一直以來台韓的競合關係著眼在「競爭」多於「合作」。韓國為台灣進口第四大、出口第六大貿易國家，台韓須跳脫傳統競爭思維，應具有更策略性的合作思考模式，積極拓展雙邊投資與產業合作，才是符合台韓雙方最大的利益。本文提出幾項競合關係思維供讀者參考：(1)以平衡貿易的前提下拓展雙邊投資及產業合作；(2)強化台韓中小企業在新興產業上的合作；(3)擴大在供應鏈上的互補及策略合作；(4)在供應鏈互補的基礎上利用ECFA優勢共同開發大陸市場。

關鍵詞：台韓競合關係、ECFA、東亞區域經濟體

壹、前言

　　台灣與韓國皆為東亞新興經濟體，並且在二次世界大戰後，藉由出口導向的產業政策創造出「台灣奇蹟」與「漢江奇蹟」。台韓一直以來皆為亞洲四小龍中兩顆閃耀的巨星，兩國不管是在政治演變及經濟發展的歷程和產業結構、出口結構上，都有頗高的相似性。此外，近年台韓在科技產業上多正面衝突，台灣與韓國存在一種非常微妙的競合關係。一直以來，台韓的競合關係著眼在「競爭」多於「合作」。從政治經濟的角度分析，台灣與韓國都不算大型的經濟體，在面對美國、日本與歐盟等強國的競爭下，長久以來只能仰賴發展某些特定領域產業來取得世界舞台的一席之地；從區域發展的角度來看，面對中國大陸如此龐大的市場，台韓兩國除了互相競爭之外，其實也可以進行更多的產業交流與合作來獲取經濟上實質的綜效。台韓須跳脫傳統競爭思維，台韓競合關係的新思維應著眼在「合作」多於「競爭」，應具有更策略性的合作思考模式，才是符合雙方最大利益。本文先分析：台韓貿易結構相似而競爭、經貿關係正常化後的兩岸布局。其次探討區域經濟自由化下台韓的焦慮、台韓競合需要新思維。最後提出結論。

貳、台韓貿易結構相似而競爭

一、對大陸貿易依存度高

　　台灣和韓國的進出口結構相似，同時與中國大陸貿易往來密切。如圖一所示，在台灣的進出口分析方面，台灣在2011年出口前六大國家（地區）順序為：中國大陸、香港、美國、日本、新加坡、韓國；進口方面，

前五大國家（地區）則為日本、中國大陸、美國、韓國與沙烏地阿拉伯。[1] 在韓國的進出口分析方面，韓國在2011年出口前六大國家（地區）順序為：中國大陸、美國、日本、香港、新加坡、台灣；進口前五大國家（地區）則為中國大陸、日本、美國、沙烏地阿拉伯、澳洲。[2] 從雙方對中貿易來看，不管是韓國與台灣都在進出口方面對中國大陸有相當的貿易依存度，中國大陸分別是台灣與韓國的前五大貿易夥伴。就對中國大陸的出口貿易量比較下，2011年度台灣和韓國分別為839億美元與1,342億美元，占出口比例各為27%與24%；[3] 在進口方面，台灣和韓國則為436億美元與864億美元，占進口比例各為15%與16%。[4] 兩國對於中國大陸的貿易都有相當程度的依賴性，台韓在2011年同期比較下，台灣對於中國大陸出口依存度比韓國還要高。

---

[1] 資料來源：「雙邊貿易統計」，中華民國經濟部全球台商服務網，<http://twbusiness.nat.gov.tw/page.do?id=17>。

[2] 同1資料來源。

[3] 同1資料來源。

[4] 同1資料來源。

圖一：台韓進出口地區比例比較組圖

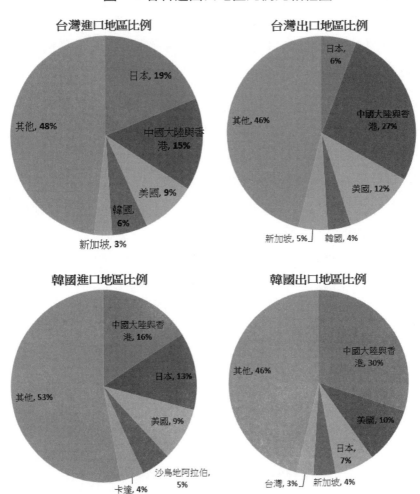

資料來源：中華民國國貿局，中華人民共和國商務部國家報告－韓國。

　　至2012年6月，台灣至中國大陸投資的累積金額為1,174億美元，[5] 綜合圖一可見中國大陸是台灣第一大出口國家與第二大進口地區，如下圖台灣與中國大陸歷年順差持續成長，中國大陸已成為台灣最主要貿易夥伴及順差來源。

圖二：台灣對中國大陸歷年貿易順差情形

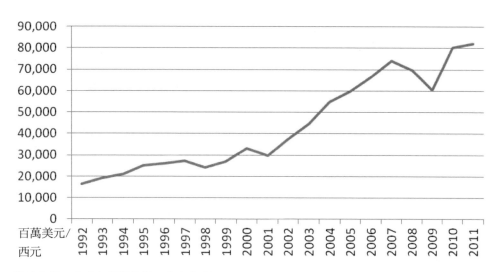

資料來源：全球台商服務網，本文整理。

　　自1992年以來，中國大陸和韓國貿易形式從間接貿易轉為直接貿易，貿易額迅速增加。據大陸海關部門統計，2011年中國大陸與韓國雙邊貿易額達到2,206.3億美元，[6] 比1992年時的50.3億美元[7] 增長近44倍，2003至2011年，中國大陸連續成為韓國的第一大貿易夥伴。目前，中國大陸已經成為韓國第一大投資合作夥伴和第一大貿易夥伴國。中國大陸與韓國的貿易繼續穩步增長，在2011年，韓國出口中國大陸貿易額為1,342億美元，相較2010年為1,168億美元。其中，韓國對中國大陸進口864億美元，相較

5　資料來源：「我國核准對大陸投資統計總表」，中華民國經濟部全球台商服務網，<http://twbusiness.nat.gov.tw/page.do?id=16>。

6　資料來源：「國別報告－2011年韓國貨物貿易及中韓雙邊貿易概況」，中華人民共和國商務部，<http://countryreport.mofcom.gov.cn/record/view110209.asp?news_id=27896>。

7　資料來源：「中韓全面合作夥伴關係紀錄」，新華網，2006/02/14，<http://news.xinhuanet.com/banyt/2006-02/14/content_4177707.htm>。

2010年為716億美元。[8]

二、對中國大陸出口產品重疊性高

　　2011年韓國出口至中國大陸的品項前十名分別為電機、電氣、音像設備及其零附件、光學、照相、醫療等設備及零附件等（參見表一）：

表一：2011年韓國對中國大陸出口主要商品構成與比例

商品類別	出口額（百萬美元）	占比(%)
電機、電氣、音像設備及其零附件	34,212	25.5
光學、照相、醫療等設備及零附件	22,953	17.1
核反應堆、鍋爐、機械器具及零件	15,845	11.8
有機化學品	12,931	9.6
礦物燃料、礦物油及其產品；瀝青等	11,591	8.6
塑料及其製品	9,717	7.2
車輛及其零附件，但鐵道車輛除外	6,477	4.8
鋼鐵	4,340	3.2
銅及其製品	2,300	1.7
無機化學品；貴金屬等的化合物	1,365	1
其他	11,169	10

資料來源：中華人民共和國商務部國家報告－韓國。[9]

---

[8]　資料來源：「雙邊貿易統計」，中華民國經濟部全球台商服務網，<http://twbusiness.nat.gov.tw/page.do?id=17>。

[9]　資料來源：<http://countryreport.mofcom.gov.cn/record/qikan110209.asp?id=3996>。

　　2011年台灣出口至中國大陸的品項前十名則為電機、電氣、音像設備及其零附件、光學、照相、醫療等設備及零附件、有機化學品、塑料及其製品等（參見表二）：

表二：2011年台灣對中國大陸出口主要商品構成與比例

商品類別	出口額（百萬美元）	占比(%)
電機、電氣、音像設備及其零附件	21,274	27.2
光學、照相、醫療等設備及零附件	16,415	21.0
有機化學品	8,957	11.5
塑料及其製品	8,156	10.4
核反應堆、鍋爐、機械器具及零件	7,438	9.5
銅及其製品	2,155	2.8
鋼鐵	1,852	2.4
化學纖維長絲	1,128	1.4
雜項化學產品	2,300	2.9
礦物燃料、礦物油及其產品；瀝青等	976	1.2
其他	6,636	9.6

資料來源：中華人民共和國商務部國家報告－台灣。[10]

　　在兩國出口中國大陸前十大商品顯示，重複的品項有八項：電機、電氣、音像設備及其零附件、光學、照相、醫療等設備及零附件等（參見表三）：

---

[10] 資料來源：<http://countryreport.mofcom.gov.cn/record/qikanlist110209.asp?qikanid=4540&title=2012年1-6月中国台湾省货物贸易及两岸双边贸易概况>。

表三：台韓對中國大陸出口主要商品相同的品項

商品類別	台灣出口比例（%）	韓國出口比例（%）
電機、電氣、音像設備及其零附件	27.2	25.5
光學、照相、醫療等設備及零附件	21.0	17.1
核反應堆、鍋爐、機械器具及零件	9.5	11.8
有機化學品	11.5	9.6
礦物燃料、礦物油及其產品；瀝青等	1.2	8.6
塑料及其製品	10.4	7.2
鋼鐵	2.4	3.2
銅及其製品	2.8	1.7

資料來源：中華人民共和國商務部國家報告－台灣、韓國；本文整理。

三、台韓貿易成長快速且呈現逆差

　　由上分析可知，台韓對外貿易結構與國家不但十分類似，對於最大市場中國大陸的依存競合也有許多雷同的地方。隨著時間累積，台韓貿易結構、彼此關係愈趨緊密，如以下進出口趨勢圖表分析：

圖三：台韓歷年貿易出口與進口值

單元：百萬美元

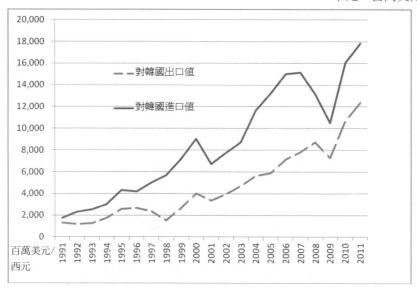

資料來源：全球台商服務網，本文整理。

圖四：台灣對韓國歷年貿易逆差情形

單元：百萬美元

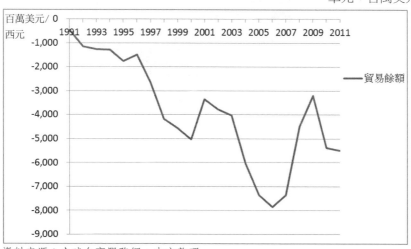

資料來源：全球台商服務網，本文整理。

　　此外，圖一中也顯示在2011年韓國已經成為台灣最主要的貿易夥伴之一（進口第四大、出口第六大），台韓貿易日趨重要。而在台韓貿易上，韓國對台灣處於貿易順差的局面（圖四）。韓國為台灣進出口之重要貿易夥伴，以我國2011年對韓國出口與進口總值，按主要貨品分類統計圓餅圖如圖五與圖六：

圖五：2011年台韓出口前五大產品別（％）

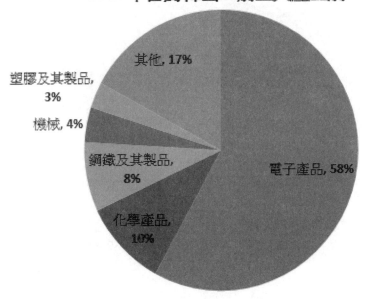

資料來源：財政部進出口貿易統計。

圖六：2011年台韓進口前五大產品別（%）

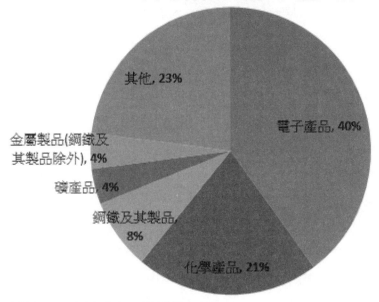

資料來源：財政部進出口貿易統計。

　　台灣對韓國出口前五大商品為電子產品、化學品、鋼鐵及其製品、機械、塑膠及其製品；進口前五大商品則為電子產品、化學品、礦產品、鋼鐵及其製品、金屬製品（鋼鐵及其製品除外）。

參、經貿關係正常化後的兩岸布局

　　馬總統視兩岸關係為主要施政方向之一。故於2008年就任後即推動一系列政策改革，致力於雙邊關係的改善。然而，對台灣而言最重要的一環，莫過於促成兩岸經貿關係的正常化，亦即將過去三十年來因政治因素所造成的單邊（台對陸）經貿關係轉為正常化的雙邊往來，並藉由互利貿

易改善台灣當前產業總體體質，進而透過合作的方式，促進產業之發展與升級。為了達成上述的目標，兩岸經濟合作架構協議（ECFA）已於2010年6月29日簽署，並於同年9月12日生效。這代表著大陸與台灣的經濟關係將超越其他國家和地區，形成更加緊密的合作和快速的發展。

作為兩岸經貿正常化及自由化之一重要管道，ECFA的項目包羅萬象，範圍涵蓋多種工商產品、金融投保，以及服務貿易業項目。希望於簽署後透過後續談判與協商，以漸進方式於十年內逐步達成兩岸零關稅的目標。ECFA的簽署可視為兩岸經貿整合長路上重要的階段性成果。其意義可分別從貿易替代效果和貿易開創效果加以分析。ECFA的簽訂不僅順應國際間區域整合的趨勢，免除了台灣自全球經濟舞台邊緣化的危機，更重要的是ECFA產生的貿易替代效果。尤其是近年來中國大陸已成為我貿易競爭國（如南韓等）最大貿易夥伴，享有關稅優惠將大幅提升台灣相對貿易競爭國在大陸市場的競爭優勢。另一方面，ECFA對改善台灣投資環境亦有正面的影響。台灣可善用ECFA的優勢，吸引外資在台設廠。

ECFA的第二個意涵，在於貿易的開創效果，亦即透過經貿自由化的方式產生綜效，如利用兩岸產業及技術合作，對兩岸產業發展進行布局，目的是提高現有產品附加價值或扶植具未來潛力的產業，最終目的是促成兩岸的產業調整和轉型，保持兩岸高度的競爭力。目前台灣最有發展潛力的六大關鍵新興產業為綠色能源、生物科技、精緻農業、醫療照護、觀光旅館、文化創意；而陸方也提出新能源、節能環保、電動汽車、生物育種、新醫療、新材料、資訊產業等七大戰略性新興產業。此為一難得的契機。兩岸布局若能致力於上述產業的合作讓雙方互利，透過資源與技術共享扶植兩岸新興核心產業，使兩岸在關鍵技術上取得領先的地位，以造成國際對兩岸之依賴性。

肆、區域經濟自由化下台韓的焦慮

一、依存度升高下必須拓展對大陸自由貿易的焦慮

　　台韓的出口產品存在很高的替代性，尤其在資本與技術密集的領域，更是廝殺激烈。再加上中國大陸皆是台韓最重要的貿易夥伴，一個新興的大陸結合長期與其競爭的台灣，不難理解韓國認為Chiwan將成為未來全球競爭中的勁敵。「Chiwan」是什麼？一個連牛津大字典裡都沒有的新英文單字，而這個單字卻是由韓國人發明的。難道這又是另一個韓國的創舉？第一次出現Chiwan這個單字是在韓國《朝鮮日報》2009年5月30日發表的文章中，而文中所指的Chiwan乃是中國（China）和台灣（Taiwan）合併的新詞，Chiwan已是全球經貿最熱門的一個合成詞，Chiwan現象是一種兩岸經貿關係正常化下所產生的結果，Chiwan代表的是將形成亞洲最新崛起的經濟體，更是讓韓國、歐洲、美洲各國羨慕不已的未來新市場。

　　一旦兩岸簽訂ECFA後，台灣與中國大陸的經濟將加速整合，隨著「貿易創造效應」和「貿易轉移效應」等的實現，將擴張兩岸間產品的進出口。台灣出口到大陸的管道更容易也更順暢，可能會鼓勵中國大陸多從台灣進口產品，並同步減少從南韓進出口產品到大陸，這就是其中的「貿易轉移效應」。此效應勢將衝擊到南韓的貿易，將對南韓企業造成威脅。韓國商會曾向615家韓國製造業者進行調查顯示，25.4%的受訪韓國企業因ECFA而深感危機，45.6%的企業認為ECFA生效後將對其經營產生負面影響。比率最高的是機械業的55.6%，其次是IC業的52.4%、紡織業的48.8%，以及石化業的48.2%；[11] 南韓專家則認為，石化工業產品所受到的

---

[11] 洪德生（2010），「後ECFA的兩岸經貿關係補充資料」，台灣經濟研究院經濟評論。

打擊將最大。此外，韓國對大陸貿易依存度近年不斷升高。由本文圖一顯示，韓國對於中國大陸出口的比重甚至比台灣還大，必須拓展對中自由貿易的焦慮不言而喻，這同時也呈現了韓中自由貿易協議（FTA）簽訂必要性及急迫性。

二、在非兩岸的全球自由貿易中有被邊緣化的危機感

　　台韓為貿易競爭夥伴，近年來，台灣在非兩岸的全球自由貿易中有嚴重被邊緣化的危機感。韓國李明博總統2008年上任後，即採行「務實主義」，宣示「洽簽FTA多角化」為其施政重心，將持續推動洽簽FTA列為第一優先政策。2009年3月，韓國提出「新亞洲構想」（New Asia Initiative），計畫推動與亞洲所有國家簽署FTA，企圖推動韓國成為亞太區域FTA之樞紐，擴大韓國在亞洲之外交及經貿影響力。台灣在區域貿易自由化下面臨整體布局的壓力絕對不亞於韓國。

　　韓國自2004年4月1日與智利之FTA正式生效後，截至目前為止，已生效之FTA計有韓—智利、韓—新加坡、韓—歐洲自由貿易協會（European Free Trade Association, EFTA）、韓—東協、韓—印度、韓—歐盟及韓—秘魯等；如再加上已生效之美韓FTA，韓國之FTA經濟領域將占全球FTA經濟領域之61%，係繼智利（87%）及墨西哥（72%）之後，排名全世界第三位。韓國推動FTA之現況如表四所示：

表四：韓國FTA推動現況

已生效	智利、新加坡、歐洲自由貿易協會[a]（EFTA）、亞太貿易協定[b]（APTA）、ASEAN、印度、秘魯、歐盟、美國
談判中	加拿大、墨西哥、海灣合作委員會（GCC）、紐西蘭、澳洲、哥倫比亞、土耳其
研議中	日本、中國大陸、韓中日FTA、南美共同市場[c]（MERCOSUR）、以色列、俄羅斯、南部非洲關稅同盟[d]（SACU）、越南、中美洲、蒙古、馬來西亞、印尼。

備註：

a. 歐洲自由貿易協會，成員包括冰島、列支敦士登、挪威及瑞士。

b. 亞太貿易協定（The Asia-Pacific Trade Agreement, APTA），原曼谷協定（Bangkok Agreement），成員包括中國大陸、孟加拉、印度、寮國、韓國及斯里蘭卡。

c. 南美共同市場（Mercado Común del Sur, MERCOSUR），成員包括阿根廷、巴西、巴拉圭及烏拉圭，委內瑞拉已簽署加入，惟尚未成為正式成員。

d. 南部非洲關稅同盟（Southern African Customs Union, SACU），成員包括南非、納米比亞、波札那、賴索托及史瓦濟蘭。

資料來源：經濟部國貿局（2012年4月更新）。

　　韓國為鞏固其在世界經濟領域之布局，積極主動推動中日韓三國在東北亞之同盟夥伴關係，尤其2012年5月第五次中日韓領導人會議中，中日韓三國除簽署「投資保障協定」外，三方領導人同意2012年內正式啟動中日韓自由貿易區（FTA）談判，對台灣來說倍感壓力。該自貿區一旦啟動，將使東北亞地區成為繼歐盟（EU）和北美自由貿易區（NAFTA）後的第三大經濟區。韓國布局對台灣在非兩岸的全球自由貿易中，產生非常嚴重的被邊緣化危機感。

伍、台韓競合需要新思維

　　韓國是一個與我國人口、土地，及各種條件都較相似的鄰國，由於台

韓兩國出口皆以製造業產品占絕大多數，近年在科技產業上多正面衝突。一直以來，台韓的競合關係著眼在「競爭」多於「合作」不是沒有原因的，這點可以從台中韓三地經貿關係，及台韓在產業和進出口結構中見出端倪。隨著區域經濟自由化、全球化的腳步，台韓產業鏈及投資與貿易其實已融合於一個密不可分的全球體系中。雖然在單一產業或個別產品上，台韓仍處於激烈的競爭關係，但其實在更廣泛的供應鏈及產業價值鏈上，台韓產業體系早已融為一體。

　　台韓須跳脫傳統競爭思維，應具有更策略性的合作思考模式，才是符合雙方的最大利益。從政治經濟的角度分析，台灣與韓國都不算大型的經濟體，在面對美國、日本與歐盟等強國的競爭下，長久以來只能靠著發展某些特定領域產業，取得世界舞台的一席之地；從區域發展的角度來看，面對中國大陸如此龐大的市場，台、韓兩國除了互相競爭之外，其實也可以進行更多的產業交流與合作來獲取經濟上實質的綜效。台韓競合關係的新思維應著眼在「合作」多於「競爭」，以下提出幾項思維供讀者參考。

一、以平衡貿易的前提下拓展雙邊投資及產業合作

　　在策略面上，小國寡民的台灣本應以積極的國際合作維持產業、貿易及技術的領先與成長。台韓合作可思考在各自經濟體策略性的互補下，積極拓展雙邊投資與產業合作。在台韓合作的產業類別上，台灣應以對我國策略性產業發展為優先，依據韓國不同的產業優勢進行產業與技術的合作，並落實台韓合作平台的交流。在產業合作的對象上，應增加台韓之間產業與產業供應鏈上的直接合作。

　　韓國為台灣進口第四大、出口第六大貿易國家，在區域經濟及產業整合的趨勢下，台韓雙邊投資與貿易必定呈現逐步的成長，但台韓貿易在近十年內呈現逆差的形勢（參見圖四），最大逆差為2006年的78億美元，在近五年內（2007至2011）平均逆差為51億美元，並且有明顯擴大的可能

性。因此兩國可思考如何在以平衡貿易的前提下，拓展雙邊投資及產業合作，共同帶動雙方經濟成長及東亞區域的繁榮與穩定。

二、強化台韓中小企業在新興產業上的合作

雖然台韓兩個國家在經濟發展的歷程相似，但由大企業所組成的韓國經濟和由許多中小企業所組成的台灣經濟，在經濟體的結構上有著明顯的不同。大企業雖一直帶動著韓國經濟成長，但近年韓國政策已漸轉型為「大中小企業」的均衡模式發展。既然台灣擁有蓬勃發展的中小企業，而韓國致力發展中小企業，台韓應可強化雙方在中小企業上的交流與合作。特別是在新興產業上，可藉由中小企業合作，盡速推動台韓間策略性新興產業發展，互蒙其利。

在執行的策略上，我方可以思考如何建構台韓中小企業產業搭橋，聚焦於特定新興產業如綠能產業等，主動媒合雙方企業，強化台韓中小企業技術合作，並設定策略性的階段目標。並可考慮設立台韓中小企業服務窗口，提供法律、經貿、商情等專業的諮詢，提供台商中小企業最即時的服務與協助。雙方政府亦可思考給予特定國際合作項目適當的政策誘因，如租稅獎勵或研發補貼等。

三、擴大在供應鏈上的互補及策略合作

台灣與韓國的競爭關係，不只是在國家競爭力、國內生產總值（GDP）等的排名上，在ICT產業裡彼此的較勁更為激烈。但台韓在ICT產業上除了競爭之外，是否也存有合作的機會？從目前的科技產品供應鏈來看，台韓在ICT產業上有長遠且複雜的競合關係。例如台灣電腦組裝系統廠（如緯創、仁寶、和碩）替一線品牌廠（華碩、惠普〔HP〕、戴爾〔Dell〕）所代工的筆記型電腦、一體成型電腦等產品，都將三星的面板、DRAM納入供應鏈，甚至是主要的供貨來源，就是基於降低成本與分

散風險的考量；反之，三星自有的智慧型手機、筆記型電腦產品，在零組件、配件上面也會選擇台灣廠商作為供貨來源。韓國在對台採購上，約每十台液晶電視中就有六台是採用台灣生產的零組件。[12]

展望未來，台韓在ICT產業須具有更具策略性及建設性的合作互補模式。因此，若能強化在後PC時代上既有的供應鏈體系，發展出具策略性、建設性的合作與互補關係，則台韓雙方都能互蒙其利。此外，台、韓企業可以運用雙方產業公會、協會領軍，加強台韓產業交流，培養更深厚的信賴感，以形成台韓ICT產業合作的共識與策略，創造雙贏的局面。

四、在供應鏈互補的基礎上，利用ECFA優勢共同開發大陸市場

本文先前指出台韓兩國對大陸出口產品是具有高度的重疊性。所以本來台韓在大陸市場上就具有高度的貿易競爭關係。但是不是台商和韓商就無法聯合共同開發大陸市場？其實並不然。傳統上，台商在大陸擁有廣大的人脈和先天的語言及文化優勢。這些都是韓商面對開發大陸市場時所需的資源及助力。在台韓非相互競爭的領域中，共同開發及延伸韓商商業觸角至渤海灣以外的內陸二、三線城市，是可行而且是被期待的。此外，雖然中日韓自由貿易區的談判已宣布開啟，但離正式啟動還有一段時間，此時韓、日商正可利用我國ECFA來彌補這個空窗期，加強對台投資及合作，布局中國大陸。為因應此趨勢，我國政府可思考以更積極的作為，將ECFA緊密連結東亞區域經濟體，以台中日韓交互投資帶動區域貿易成長，以區域貿易成長帶動區域經濟繁榮與穩定。

---

[12] 請見黃星若（2010），「台灣、韓國電子產業從競爭變競合兩方電子業者合作緊密」，電電時代，第30期。

陸、結論

　　綜觀台韓經濟發展的過程，實具有非常高的相似度，從最初以農業為主的經濟體，在政策引導下發展以出口導向之勞力密集加工業，歷經1950至1960年代經濟起飛時期，國民所得大幅提升。1970年代初在輕工業已發展至成熟階段，且歷經三次石油危機後，由輕工業轉型為石化、煉鋼等重化工業。產業升級造就了舉世矚目的東亞經濟奇蹟，高經濟成長率讓台韓同躋身為亞洲四小龍。

　　不過，1997年之亞洲金融風暴實可視為兩國發展的分水嶺。韓國從風暴中受創最重的國家，痛定思痛，厲行改革，使韓國從金融風暴中迅速復甦，奠定日後發展良好的基礎。大刀闊斧革除金融及企業體制缺陷，對未來產業進行規畫，並配合政府政策的支持，發展自我品牌並致力於研發。同時更積極拓展新興市場，爭取加入經濟組織，以及和貿易夥伴簽訂FTA。在產業策略方面，南韓也積極針對重點產業進行全球布局。

　　反觀台灣雖看似在風暴中受創不深，但由於長期與中國大陸失衡的經貿關係，加上缺乏整體的產業規畫，以致產業出口過度倚賴中國大陸，政策空轉使產業空洞化的危機始終無法有效解決。加上複雜的兩岸問題，台灣在與各國簽訂經貿合作協議方面阻礙重重，造成出口市場無法擴張、產業與中國大陸垂直分工、產品附加價值率逐年遞減、實質薪資幾無成長、經濟成長停滯不前等種種問題。上述問題於2000年後逐漸浮現，台灣出口總額不見成長，出口商品內容也相對狹窄，相對於韓國出口電子、汽車、造船多樣商品，台灣出口集中於同質性極高的幾項高科技商品，造成出口額極易受國際需求波動影響。這些因素相互影響，導致台灣競爭優勢逐漸流失，日益孤立於國際經貿舞台外緣。

　　2008年馬總統就任後致力促成兩岸經貿關係的正常化，簽署ECFA，藉由互利貿易改善台灣當前產業總體體質，進而透過合作的方式，促進產

業之發展與升級。並透過兩岸布局，在產業及技術上進行合作，希望能提高現有產品附加價值及扶植具未來潛力的產業，最終目的是促成台灣的產業調整和轉型，保持兩岸高度的競爭力，開啟了台灣經濟發展的新頁。

　　由於台韓兩國出口皆以製造業產品占絕大多數，而近年在科技產業上多正面衝突，台韓的競合關係著眼在「競爭」多於「合作」，不是沒有原因的。韓國為台灣進口第四大、出口第六大貿易國家，在同處一個東亞區域經濟體下，兩國本應積極思考以國際合作維持彼此產業、貿易及技術的領先與成長。台韓須跳脫傳統競爭思維，應具有更策略性的合作思考模式，積極拓展雙邊投資與產業合作，才是符合台韓雙方最大的利益。

參考書目

馬道、蔡清彥、朱雲鵬（2011），「產業科技國際競合策略與政策比較研究計畫—東亞區域
　　經濟體（台中日韓）產業科技競合與政策比較」（台北：中華經濟研究院）。

馬道、蔡清彥、朱雲鵬、王健全（2010），「產業科技國際競合策略與政策比較先期研究計
　　畫—兩岸新布局下產業科技對韓競合策略與政策比較：DRAM、LCD及LED產業」（台
　　北：中華經濟研究院）。

亓樂義（2012），「中日韓峰會　同意年內啟動FTA談判」，中時電子報。

洪德生（2012），「後ECFA的兩岸經貿關係補充資料」，台灣經濟研究院經濟評論。

姚鴻成（2012），「美韓FTA生效後對韓國經濟之評估暨對其未來推動FTA政策方向之研析
　　（上）、（下）」，WTO電子報，2012年第299、300期。

黃星若（2010），「台灣、韓國電子產業從競爭變競合兩方電子業者合作緊密」，電電時代，
　　2010年第30期。

論 壇 15

台韓商競合、韓中FTA與大陸市場：機會與挑戰

主　　　編	陳德昇
發 行 人	張書銘
出　　　版	**INK** 印刻文學生活雜誌出版有限公司
	23586新北市中和區中正路800號13樓之3
	電話：(02) 2228-1626　　　　傳真：(02) 2228-1598
	e-mail：ink.book@msa.hinet.net
	網址：http://www.sudu.cc
法 律 顧 問	漢廷法律事務所 劉大正律師
總 經 銷	成陽出版股份有限公司
	電話：(03) 358-9000（代表號）　傳真：(03) 355-6521
郵 撥 帳 號	1900069-1 成陽出版股份有限公司
製 版 印 刷	海王印刷事業股份有限公司
	電話：(02) 8228-1290
港澳總經銷	泛華發行代理有限公司
地　　　址	香港筲箕灣東旺道3號星島新聞集團大廈3樓
	電話：(852) 2798-2220　　　　傳真：(852) 2796-5471
	網址：www.gccd.com.hk
出 版 日 期	2012年11月
定　　　價	260元

ISBN　978-986-5933-47-0

國家圖書館出版品預行編目（CIP）資料

台韓商競合、韓中FTA與大陸市場：機會與挑戰／
　陳德昇主編. --新北市：INK印刻文學, 2012.10
　　232面；17×23公分. --（論壇；15）

　　ISBN 978-986-5933-47-0（平裝）

　　1.自由貿易　2.經貿政策　3.經濟合作　4.文集　5.東亞

558.1507　　　　　　　　　　　101021142